太陽王と灰色の王妃

登場人物紹介
レーナルト(24歳)▲
ローザニアの若き王。
美しい風貌に加え、その勇猛さと統治能力からも「太陽王」と称えられている。
リティシア(18歳)▲
ファルティナの第二王女。
レーナルトに望まれてローザニア王妃になる。自分に自信がなく、引っ込み思案。

イーヴァ
レーナルトのかつての想い人。
マーリオ
ファルティナ国王にして、二人の王女の厳格な父。
ウェルナー
レーナルトの異母弟で、現在は神官。
コンラート
ファルティナの騎士で、二人の王女の幼馴染。リティシアを誰よりも大切に思っている。
ヘルミーナ
リティシアの姉で第一王女。華やかな女性で、リティシアをいつも引き立て役にしていたが……

プロローグ

リティシアは、窓の外を眺めた。壮麗《そうれい》な行列がこの城へと近づいてきている。あの中のどこかに隣国ローザニアの王がいるはず。

リティシアの暮らすファルティナとローザニアは、リティシアが生まれた頃から幾度となく領土をめぐって戦争を繰り返していた。その度に停戦条約を結んでは破棄してきたのだが、両国の間で今度こそ停戦を確たるものとすることが決められたのはつい先月のこと。

ファルティナは北方に位置するため、冬の間は海が荒れて船を出せなくなる。南のローザニアの港から陸路で荷を運ばなければならないのだが、当然、他国の領土内を通行するためには相応の対価を支払わなければならない。

交易路の確保はリティシアの父の悲願であったのだが、その夢は潰《つい》えてしまったようなものだった。戦争はファルティナ側の敗北に近い形で終わっており、さらには勝者であるローザニア側から婚姻《こんいん》による両国の関係強化という申し出があったからだ。

この国境近くの小さなアウスレーン城までリティシアがやってきたのは、ローザニア国王との顔合わせのためだった。リティシア、もしくは姉のヘルミーナがローザニア国王に嫁《とつ》ぐことになる。

停戦の条件としては悪くはないのだろう、とリティシアは思う。

戦争の結果を考えるとこちらから異議を申し立てることなどできないし、どちらの王女が嫁《とつ》いでも生まれた子どもは大国の跡継ぎだ。それに大国ローザニアとの同盟によって、ファルティナは周辺の同じような小国より一歩先に出ることができる。

それでも――と、リティシアはひっそりとため息をこぼす。二人の娘のうちどちらかを選べと言われた者は全て、ヘルミーナの手を取るだろう。

妹であるリティシアの目から見ても、ヘルミーナは美しかった。背はすらりと高く、女性らしい豊かな曲線を描《えが》く身体の持ち主で、一つ一つの動作が優雅だ。艶《つや》やかな黒い髪に、情熱的な光を放つ黒い瞳。紅を載せなくても鮮やかな唇。その場に居合わせた誰もが目を奪われるだろう。

それにひきかえ、とリティシアは惨《みじ》めな気持ちで自分の身体を見下ろす。身長だけは姉と同じくらいあるのだが、手足ばかりがひょろひょろと伸びて、肉付きが悪いというより全体的に身体が薄い。自分では顔立ちは悪くないと思うものの、美女というほどではなく、顔の中央で居心地悪そうな光を放っている灰色の目ばかりが目立つ。半端に明るい茶色の髪も昔から大嫌いだ。

何をしても姉にはかなわない。刺繍《ししゅう》も、乗馬も、ダンスも。各国の情勢を分析できるほど頭がいいわけでもなく、気の利いた会話で周囲を楽しませることもできない。生まれて十八年でリティシアはそのことを悟りきっていた。父も政治向きの話は姉にしかしない。

一つだけリティシアが姉より上手にできることがあるが、それは花嫁選びにおいて彼女を優位にしてくれるほどのものではない。

条約を締結《ていけつ》するための儀式が終わったら、いよいよ隣国の王との対面となる。

リティシアは目を閉じた。今夜さえ乗りきれば——隣国の王が姉の手を取るのを見届けたなら——それさえ終わってしまえば、日常に戻ることができる。

早く夜になればいい。嫌なことを済ませてしまえば——

リティシアは窓の外の太陽に向かい、早く沈んでくれるようにと祈った。


騎士たちの鎧が太陽の光を反射して、鮮やかに煌《きらめ》く。レーナルトは、自分の兵士たちを見回して満足げに微笑《ほほえ》んだ。きっちりと隊列を組んで進む彼らの鎧や兜《かぶと》はどれも見事なまでに輝いていて、戦争を終えたばかりとは思えない。

レーナルト自身も騎乗《きじょう》して隊列の中央あたりを悠然と進んでいる。二十四歳を迎えたばかり、大国ローザニアの若き国王だ。

「太陽王」と称されるのは、彼の治世が安定していて、国が富んでいるからという理由だけではない。兜の代わりに頭を覆うのは豪華な黄金の髪。瞳の色は恵み豊かなローザニアの海にたとえられる青。整った顔に魅せられる女性も多いが、その手は剣をふるうことを十二分に知っている。

国を出て二ヶ月——その間に国境を侵《おか》したファルティナ兵を追い払い、休戦条約を結ぶところまでこぎつけた。条約さえ結んでしまえば、ようやく国に帰ることができる。

レーナルトの脳裏に、黒い髪と美しい肢体《したい》を持つ女の姿が浮かぶ。

「イーヴァ……」

口からこぼれ落ちた名は、彼の想い人のもの。彼の求婚を受け入れず、姿を消した幼なじみ。異母弟のウェルナーも彼女を追って姿を消した。

半年もの間探し回り、ようやく見つけ出した二人に、

「隣国の姫を娶《めと》ることにした」

と告げたのは、二人の間に割り込む余地がないことをまざまざと見せつけられたからだ。

それからレーナルトはそのまま戦場に駆けつけ、陣頭指揮をとった。

停戦の条件は、小国であるファルティナにとっては相当厳しいであろう額の賠償金。それに、当初は予定になかった王女との結婚の一条を加えた。こうでもしなければ、あの二人は戻ってきてはくれないだろうから。

異母弟との間には、何年も前から確執があった。いや、彼と自分との間に、というよりは、周りを取り囲む貴族たちの間にだ。二人ともそんなことは望んでいなかったというのに——

最近になってようやくまた兄弟らしくなれたのだから、彼には愛する人と幸せに暮らしてもらいたい。

自分には愛など必要ない。彼が生涯愛するのは一人だけで——それなりの身分があるのなら結婚するのは誰だってかまわない。

それでも——と彼はまだ見ぬ未来の花嫁に誓う。

愛することはできない分、慈《いつく》しむことを。

涙に濡れた生活を送らせるつもりはなかった。

第一章

レーナルトたちは条約締結《ていけつ》の場であるアウスレーン城へと入った。

「ようこそおいでくださいました」

ファルティナ国王、マーリオ自らレーナルトを出迎える。一人の息子と二人の娘を持つ彼は、レーナルトより三十ほど年長だ。

「……よろしくお願いいたします」

年長者への最低限の敬意を失わぬよう、細心の注意を払いながらレーナルトは返す。

「さっそく条約の締結でよろしいですかな？」

敗者とも思えぬ尊大さを滲《にじ》ませながら、マーリオはレーナルトを奥へと案内する。

急いで支度を調《ととの》えたのであろう。条約の締結の場として用意された広間は、必要以上に飾りつけられていた。手前には磨き抜かれたテーブルがしつらえられている。

毛足の長い絨毯《じゅうたん》を踏みつけ、レーナルトはテーブルに近づいた。

マーリオと向かい合ってテーブルに着き、条約の内容を記した書類にサインする。己《おのれ》がマーリオの娘のうちいずれかを娶るという条項が追記されているのを、しっかりと確認しながら。

「二人の娘いずれも、年齢的には陛下に釣り合うと思うのですが」

マーリオが説明を始める。姉が二十、妹が十八。妹姫はあと二週間で十九になるのだという。

「姉のヘルミーナは親の目から見てもなかなか才気煥発《さいきかんぱつ》な娘ですが、妹のリティシアの方は内気でして……」

暗に姉を選べとマーリオは勧めているようだった。

どちらでもよい、とレーナルトは心の中でつぶやく。御《ぎょ》しやすい方がいいとは思う。どうせ政略結婚なのだし、下手に気位が高ければ相手をするのが面倒になる。

マーリオの話を聞く限りでは、妹の方がよさそうか。いずれにしても、当人たちを見定めてからのことだ。この件は彼に選択がゆだねられているのだから。

鏡を見直してリティシアは、今日何度目かのため息を吐き出す。鏡を見れば見るほど美人になれるのであれば、何百回でも見直すのに。

「お美しいですよ」

生まれた時から付いている乳母はそう言ってくれるが、それがお世辞《せじ》と気休めが半々のものであることに、何年も前からリティシアは気づいていた。

だから自分もそれにふさわしい装いをする。目立ちすぎず地味すぎず。華やかな夜会に出る時にリティシアが望むのはそれだけしかない。

「あら、まだ支度できていないの?」

ノックもせずに入ってきたのは、姉のヘルミーナだった。もう夜会に出席する準備を完璧に整えている。

黒い髪に映える鮮烈《せんれつ》な赤いドレス。結い上げた髪に金の鎖と、ドレスの共布《ともぎれ》で作られた赤いリボンを絡ませ、金のティアラを飾っている。細心の注意を払って散らされた後《おく》れ毛は、念入りにカールされていた。

「今日の主役はお姉様でしょ？　わたしはこれから支度しても十分間に合うもの」

薄い笑みを浮かべてリティシアは姉を見やる。今日のヘルミーナは、本当に華やかだった。会場の男性全てが彼女に目を奪われることだろう。

「あなたずいぶん地味なのね」

用意されていたリティシアの衣装に目をとめて、ヘルミーナはリティシアを見た。ヘルミーナ自身なら選ぶことのない、大人しい印象のデザインだ。

「今から頑張って美しくなるのであればそうするけれど。そういうわけにもいかないし、これで十分だわ」

苦笑混じりにリティシアは返す。

「何を言っているのよ、あなただってそんなに悪いわけじゃないのよ？」

ヘルミーナの言葉は、全てを持つ者特有の鷹揚《おうよう》さをはらんでいた。リティシアは瞳に浮かんだであろう感情を隠すように、素早く視線を床に落とす。

「せっかくレーナルト様がいらっしゃるというのに。もう少し気を配ったらどうなの？」

――彼女には永遠にわからない――

リティシアは苦々しい思いを顔に出さないように、唇をきつく結んで表情を殺した。姉には理解できるはずもないのだ。リティシアの気持ちなど。

身支度を手伝うと言い張る姉を追い返すわけにもいかず、リティシアは用意していたドレスに身体を押し込んだ。

「あなたの腰、どうしたらそんなに細いままでいられるのかしら。羨ましいわね」

「お姉様が羨ましいと思うところが、一つくらいあってもいいでしょう？」

目立たないように、の一点で選んだドレスは薄い青。スカートは裾に行くに従って少しずつ色が濃くなり、一番下のあたりは濃い青になる。スカートはパニエなどで思いきり膨らませるのが最近の流行だが、あえてそれはしない。

化粧は控えめに。十八ならばそれで十分に足りる。髪はきっちりと結い上げて、銀のティアラを載せ、耳の上にドレスの裾と同じ濃い青色の花を飾る。ティアラと右手中指につけた指輪以外に、装身具はつけなかった。真珠を中央にはめ込んだシンプルな指輪は、祖母の形見だ。装身具としての値打ちという点では、おそらくそれほどのものではない。

「やっぱり地味すぎるんじゃないの？」

妹の頭にティアラを載せたヘルミーナは、不満そうな声をあげた。

「いいのよ、お姉様の引き立て役だもの」

いつの間にか姉妹の間には役割分担ができていた。人の注目を浴びるのはヘルミーナ。それを後ろからそっと見守るのがリティシア。姉妹の間でもお互いそれを当然と見なしていて、姉、妹どちらも今の会話を不自然なものと考えていない。

「ローザニアの王妃になるのってどんな気分なのかしらね？」

「なってみればわかるでしょう？　……それより、そろそろお部屋に戻らなくてよろしいの？」

慇懃《いんぎん》にリティシアはヘルミーナを外へと追い出した。

「失礼な方ですね！」

リティシアの気持ちの代弁とばかりに乳母が頬を膨らませた。

「失礼も何も、まともな審美眼《しんびがん》を持ち合わせた方なら、お姉様を選ぶのではないの？」

周囲の視線が自分を素通りしてヘルミーナに注がれるのは慣れっこだ。大国の王妃の座は彼女にこそふさわしい。実際父も、リティシアは国内の貴族に縁づけるのだと決めているらしい。宰相《さいしょう》の息子や、大臣の息子などが候補にあげられているとの噂《うわさ》も耳に入ってくる。

リティシアは相手に高望みはしていなかった。誰でもいい。兄ではなく、姉でもなく、リティシアという存在に目をとめてくれる人であればいい。

リティシアが生きているのは、息のつまりそうな暗い世界だった。親の期待は、兄と姉に注がれ、自分はおまけ。同じ女性なのに、一つ年を取るたびに痛感させられる姉との差。

しかたがない――自分は出来がよくないのだから。

諦めが色を濃くするのに反比例するかのように、世界が色を失っていく。今では全てが灰色だ。

リティシア自身を見てくれる人に出会うことができれば、この灰色の世界に別れを告げることができる。そう思うようになったのはいつからだろう。

「リティシア様だって、お美しいですよ。そりゃあの方ほど派手ではないでしょうけれど」

長々としゃべり続けていた乳母は、その一言でようやく言葉をおさめたのだった。

＊　＊　＊

条約締結《ていけつ》の儀式が終了した後、レーナルトはようやく未来の王妃候補と引き合わされることになった。

いったん与えられた部屋へと下がり、舞踏会へ出席するための礼服へと着替える。

書類に署名をした広間が今度は宴《うたげ》の場となる。レーナルトが退室している間に、広間は素早くそれにふさわしい装いに変えられていた。

未来の国王たる長男のアルベルトは、先日の戦闘で負傷したため出席しないという。

命に別状はなく、重い後遺症も残らないだろうと言われているが、今後数週間はベッドで過ごすことになるだろう。それを聞いたレーナルトは見舞いの品を手配させた。

城内の女性は華やかに着飾っていた。廊下を進む彼に気づくと、端に寄って頭《こうべ》を垂れる。彼が遠ざかった後、後ろの方でひそひそとささやき合う気配がする。

彼女たちの反応は、自国にいる時と同じようなものだった。「太陽王」「ローザニアの勇」。賞賛を浴びることには慣れている。

マーリオに連れられて、レーナルトは広間に入場した。二人の王の到着を待っていた王妃のティーリスが、レーナルトの側に歩み寄る。

夫よりは数歳若いだろう。小柄ではあるが、その存在感は広間に集まっている女性たちの中でも際だっていた。若かった頃はその美しさで知られていたというが、適齢期の娘が二人いる今でも、その容色はさほど衰えてはいないのかもしれない。

彼女はレーナルトに赤いドレスを身につけた娘を指し示す。

「あれがヘルミーナです」

背筋をまっすぐに伸ばして立っている第一王女は、確かにたいそう美しい女性だった。きらめく黒い瞳が自信満々にレーナルトを正面から見すえている。その彼女に艶《つや》やかな微笑《ほほえ》みを向けられて、レーナルトは思わず目をそらした。

似すぎている。

顔立ちには似たところなど一つもないのに、雰囲気が彼にあの人を思い出させてしまう。

「その後ろにいるのが妹のリティシアです」

彼女は姉から一歩下がるように立っていた。どこか自信なさげに見える。

大きな灰色の瞳が落ち着きなくふらふらと室内をさ迷い、最後にレーナルトに向けられたとたん伏せられた。姉の華やかな衣装とは対照的に大人しいドレスをまとっている。清楚と言えば聞こえはいいが、若い娘には地味すぎる。しかしそれが逆にレーナルトの目をとらえた。

二人は父親であるマーリオの言葉をじっと待っていた。

「このたび両国の間に停戦の条約が締結され――」

娘たちをちらりと見て、マーリオは話し始める。予想に反して彼の演説は、早々に終えられた。

「それでは両国の末永い繁栄を祈願して――」

乾杯の言葉に皆、手にしたグラスをかかげた。レーナルトは、飲み干したグラスをテーブルに置き、マーリオとその娘たちの方へと進んでいった。

「姫君たちに、ダンスを申し込んでもよろしいでしょうか？」

レーナルトの言葉に満面の笑みを浮かべて、マーリオは了承の意を表す。

「ヘルミーナ。お相手していただきなさい」

彼の前に押し出されたのは第一王女だった。優雅な仕草で彼女はレーナルトの前に立つ。押しつけがましい赤が目に痛い。視界を一色に染めあげる、鮮烈《せんれつ》な赤。

「では、一曲、お願いいたします」

レーナルトはうやうやしく、ヘルミーナの手を取った。

「一曲、二曲踊っただけでわかりますの？　わたくしと妹、どちらを選べばよいのか」

軽やかにターンしながらヘルミーナは問う。情熱的な光をたたえた黒い瞳には、レーナルトしか映っていなかった。

「そうですね。一生のことですから、慎重に選びたいと思いますよ」

何人もの女性の心をとらえてきた笑みをひらめかせながら、レーナルトは返す。ヘルミーナも例外ではないようで、それまで浮かべていた勝ち気そうな表情を消し、頬を赤らめた。

「わたくし、父の補佐もしていますの。きっとお力になれますわ」

熱っぽい声で、ヘルミーナは自分を売り込みにかかる。レーナルトは瞳の奥に感情を隠したまま王女を見下ろした。

「実際に政治の場で経験を積まれているのですね？」

「……当然ですわ。王の娘ですもの」

大きな瞳が輝きを強くする。レーナルトは心の中で、彼女ではだめだとつぶやいた。

最後のステップと同時に、ヘルミーナを王のもとへと返す。返されるとすぐ、彼女は待ちかまえていたどこかの貴族の息子にさらわれていった。

確かに彼女に心惹《ひ》かれる者は多いのだろう。彼女を腕の中におさめている間も、いくつもの突き刺さりそうな視線を感じた。以前ならレーナルトも彼女を魅力的だと思ったに違いない。

レーナルトはもう一人の王女を探し始めた。人々が楽しそうに行き交う広間の端、布張りの長椅子に彼女は腰をおろしていた。その目はくるくる回っている人々を追いかけている。

所在ないといった様子で座っている第二王女を誘うと、彼女はとまどったような瞳でレーナルトを見上げてくる。

「本当にわたくしでよろしいのですか？」

「わたしでは相手は務まりませんか？」

明るい口調を作ってレーナルトは問い返す。色白の顔にさっと赤い色がのぼった。

「そ……そんな、ただ、思ったのです。姉の方がいいのではないかと」

「なぜ？」

「……姉の方がふさわしいと……皆さんそうおっしゃいますわ」

「皆は皆、わたしはわたしだ」

相手に有無を言わせぬ強引さで、レーナルトはリティシアの隣に座り込んだ。長椅子の端へ寄って距離を取ろうとする彼女の手をつかむ。

「一曲も、お相手いただけないというのは、あまりにもひどい」

「……そんな……そんなつもりはありませんわ」

レーナルトに取られた手は、緊張なのか怯《おび》えなのか小さく震えていた。

「では、一曲」

「……次の曲でよろしければ」

最終的に、諦めたようにリティシアはうなずいた。その曲が終わるまで、レーナルトはリティシアの手を離そうとはしなかった。

次の曲が始まり、二人は広間に滑り出る。広間中に驚きの声がさざ波のように広がった。

抱き寄せてみれば、彼女は姉姫と同じくらい背が高かった。腰はすんなりと細い。ダンスの腕は、姉ほどではないが下手と言うほどでもなかった。顔をうつむけているため、レーナルトの方から彼女の表情をうかがうことはできない。

「あなたも、お父上の補佐を？」

彼女をターンさせながら、レーナルトはたずねた。くるりと回って彼の腕の中に戻ってきたリティシアは、彼の方を見ようとしないまま「いいえ」とだけ返す。

「……出来がよくありませんから」

そうつけ足された声は小さかった。レーナルトは彼女の顔を見てみたくなった。

「……もう一曲、お相手願えますか？」

「……わたくしが？」

ずっとうつむいたままだった顔が、ようやくレーナルトの視界に入ってくる。大きな灰色の瞳がとまどいの色をさらに濃くした。

「あの、姉の方が……」

正面から見返すと、彼女の顔にまた赤い色がのぼる。

「わたしは、あなたと踊りたい」

瞳が潤んだように見えた。

「……はい、喜んで……」

妙に庇護《ひご》欲をそそられる娘だと、レーナルトはよりいっそうリティシアを引き寄せた。

首から肩にかけての線はすっきりしているのに、妙にそそる色香があった。そこに唇を落としたら、彼女はどんな反応を返してくるだろう。ふとそんな思いにとらわれる。

リティシアを腕におさめ、広間を横切りながら姉の方をうかがうと、あからさまではないものの、いらついているように見えた。

彼女と踊ったのは一曲。リティシアとは二曲目。このまま三曲目もリティシアと踊れば、あの自信満々な王女の表情を崩すことができるのだろうか。

「姫」

レーナルトは、リティシアの耳元でささやく。

「今夜は、他の者と踊らないでいてもらえませんか？」

「え、でも……」

リティシアの視線が、別の男性と踊っている姉姫の方へと向けられた。

彼女はそのまま沈黙してしまい、返事をしようとしない。レーナルトは言葉を重ねた。

「いいですか？　わたしはあなたと踊りたい。あなたの姉上ではなく」

「……はい、ありがとうございます」

ようやくリティシアは笑みらしきものを見せた。そこにはどこか怯《おび》えの色が含まれているように、彼には思えた。

「普段はあまり踊らないので――身体が熱くなってしまったようです」

三曲踊った後、テラスへ出たいという彼女の願いをレーナルトは笑顔で受け入れる。室内からテラスへ一歩踏み出すと、冷たい外気が一瞬にして彼女の身体の熱を取り去ったようだった。

「何か飲むものでも？」

「いえ――」

リティシアはまた顔を伏せる。その顎《あご》を持ち上げて表情をうかがいたい衝動を、レーナルトはなんとか押しとどめた。

「取ってきましょう。わたしも喉《のど》が渇きました」

リティシアをその場に残し、レーナルトは大股に室内へ入っていく。

その後ろ姿を見送りながら、リティシアはそっと息を吐き出した。信じられないような幸せな時間だった。「太陽王」とまで呼ばれる素晴らしい男性と三曲も踊ることができた。しかもこの後のダンスもずっと彼に予約されている。

手すりにもたれて空を見上げる。大きな丸い月がかかっていた。

一緒にダンスを踊った彼は、たくましかった。白に金銀で刺繍《ししゅう》を施《ほどこ》したあの衣装もよく似合っていた。それにあの瞳。温かくて、どこまでも青く澄んでいて。夢に見ていた王子様がそのまま姿を現したようだった。

彼はリティシアを選んでくれるつもりなのだろうか？

ありえない期待にすがってしまいそうになる。

考えてみたこともなかった。絶対に姉が選ばれるものと思いこんでいたから。彼がリティシアを選んでくれるなら——選んでくれたなら——人生はどれだけ変わるのだろう。

今まで考えてもみなかった可能性に胸が高鳴る。姉の陰に隠れるだけの生活ではない。夫となる人は、きっと正面からリティシアを見てくれることだろう。たとえ政略結婚だとしても——一度妻にした以上、無視することはできないはず。そこに愛はなかったとしても。

リティシアを一人の人間として見てくれさえすれば、それだけで国を出てもいいと思える。いつか愛し、愛される関係になればもっといいとも思うけれど、それはきっと高望みだ。

中に入っていったレーナルトはなかなか戻ってこなかった。手すりにもたれたままのリティシアは、淡い期待を追い払おうとするように頭をふった。

「リティシア様！」

名前を呼ばれる。予期していたのとは違う声に、リティシアはその主を求めてきょろきょろと見回した。

「下ですよ、下」

そう声をかけられ、リティシアは手すりからその人物を見下ろす。

「コンラート！」

リティシアは笑みをこぼした。下から手をふっているのは、リティシアとヘルミーナの幼なじみの騎士。リティシアも手を振り返す。

「舞踏会はどうですか？」

「最高よ！」

彼女は笑う。他の誰にも見せたことのないような、華やかな笑顔で。

「レーナルト様が三曲も続けて踊ってくださったの。あなたは？」

「会場の警備ですよ。あいにくとそちらにうかがうことのできる身分ではないですしね」

コンラートは、宮廷に仕《つか》える騎士だ。年はリティシアより二つ上。なかなか整った顔立ちで、貴族の令嬢の中には彼に声をかける者も少なくないらしい。対する彼は、それに応じたという噂《うわさ》が一切聞こえてこない堅物だ。

宮廷に仕える騎士の息子である彼は、騎士見習いとして出仕し始めた頃からリティシアたちの側にいた。王女たちの警護担当という名目の遊び相手として。今は宮中の警護にあたっているが、いずれはリティシアの兄であるアルベルトの親衛隊に入るだろう。

「今日もリティシア様はお綺麗ですね」

心からそう思っているという口調で、コンラートはリティシアを誉めた。彼の目には、月光に照らされたリティシアは妖精のように可憐《かれん》に映っているのだが、彼女の方はそれに気づいていない。

「そういうことは、お姉様に言ってちょうだい。わたしに言っても点数稼ぎにはならなくてよ？」

リティシアはきゃっきゃと笑った。なぜかコンラートの前では、リティシアの人前では見せない陽気な一面が引き出されてしまう。

「リティシア様」

ふと真面目な声音でコンラートはたずねた。

「嫁《とつ》がれるというのは本当ですか？」

「……そうね、そんな話もないわけではないわ……でも……わからないわ」

リティシアは言葉を濁す。まだ決まったわけではない。レーナルトがリティシアを選んでくれなければ、消えてしまう話だ。

心なしかコンラートの肩が落ちたように見えた。

「あなたも話には聞いているでしょう？　お姉様を選ぶのか、わたしを選ぶのか。それは、レーナルト様がお決めになることよ」

姉が選ばれる可能性がはるかに高いのだと半ば自分に言い聞かせる口調だった。

「リティシア様、俺――いや、自分は……」

次に出そうとした言葉をコンラートは呑み込んだ。

「どうしたの？」

ふいに様子の変わった彼にリティシアは声をかける。

「いえ、何でもないですよ。舞踏会、楽しんでください」

「ありがとう」

仕事へ戻っていくコンラートをテラスから見送っていると、「姫」と背後から声をかけられた。

ふり返ればレーナルトが片手に二脚のグラスをまとめて持って立っている。リティシアは瞬時に穏やかな笑みを作り、グラスを受け取った。

「おいしい」

水で割ったりんご酒を口にして、ほっとしたようにリティシアの口元がゆるむ。

「今、誰と話していたのですか？」

「――え？」

リティシアの眉があがった。それから、ほんの少しだけ目元が柔らかくなる。

「……宮廷の騎士です」

「騎士……ですか」

「ええ、今は王宮騎士団の所属なのですが、幼い頃は姉やわたくしの相手をしてくれました」

灰色の瞳が、懐かしそうな色を浮かべている。レーナルトがその色に魅せられているのを、リテリティシアは気づいていなかった。

＊＊＊

宣言どおりレーナルトは最後までリティシアを手元から離すことはなかった。導かれるままに、リティシアはレーナルトについて回る。

「あら、リティシア様だわ」

「ヘルミーナ様ではないのかしら」

抑えるつもりなどまったくないひそひそ声がリティシアの耳につく。身の置き場がなくなったような気がして身体を小さくしているリティシアの耳元で、

「気にすることはない」

とレーナルトはささやいた。

「あなたは周囲の声に惑《まど》わされすぎていますね」

「……そうでしょうか」

困ったようにリティシアはレーナルトを見上げた。彼の腕に包まれて、フロアをくるくると回るのは悪い気分ではないが、こんなふうに注目されるのには慣れていない。

今までの舞踏会の主役はヘルミーナだった。

リティシアも王族なのだから縁を結びたいと思っている者もいないわけではなく、こうした場でダンスに誘ってくる貴族の子息もいるにはいる。けれど彼らはさほどたたないうちにリティシアに飽きてしまうようで、彼女はすぐに壁の花になるのが常だった。

それに父である国王の溺愛ぶりを考えれば、姉の方と親しくしたがるのも当然だ。姉と姉を取り巻く貴族の子息たちを、「花に群がる蜜蜂《みつばち》のようだ」と、遠巻きに眺めているのが今までのリティシアだった。

姉を国外に嫁《とつ》がせたいという父の思惑は皆知っているところではあるのだけれど、彼女もそろそろ結婚適齢期を過ぎようとしている。ヘルミーナの心をとらえることができれば国内の貴族でも彼女を手に入れることができるかもしれない。

彼女を得ることができたなら、宮廷での出世は思いのままだろう。むろんリティシアを娶《めと》ったとしても、王の娘婿《むすめむこ》である以上それなりに出世は見込めるのだろうけれど、姉を狙う方が明らかに得策だ。

今まではそんなことを考えながら、フロアを行き交う人々を見つめていたというのに、今日の主役は姉ではなくリティシアだ。

今日の主賓《しゅひん》に手を取られている。慣れないことにリティシアの頭はくらくらしていた。

朝になれば、全てなかったことになるのではないかという気がしてならない。

たった一晩の美しい夢。

リティシアはそっと右手中指の真珠の指輪に触れてみる。ひんやりとした感触が、これは夢ではないと教えてくれた。

「どうかしましたか？」

「いえ……なんでもありませんわ」

彼がリティシアを選んでくれるなどとは思えない。けれど、この夜のことは一生忘れないだろうとリティシアは思った。


舞踏会は盛況だった。夜明け近くになって、ようやくレーナルトは引き上げると宣言した。

主役の退場とともに、リティシアも自室に戻ることを許される。普段なら最後まで残っているヘルミーナは、とっくに会場を後にしたようだった。レーナルトがリティシアを手放さなかったのがよほど気に入らなかったのかもしれない。

ひんやりとした廊下に出て、リティシアは小さくあくびをした。こんなに遅くまで舞踏会に残っていたことはない。礼を失しない最低限の時間を過ごしたら、隙をうかがって会場から脱出するのが常で、最後まで出席者をもてなす役目は姉にまかせていたから。

もう一つあくびをして、リティシアは廊下を歩き始める。

「疲れさせてしまいましたか」

後ろからかけられた声にぎょっとしてリティシアは飛び上がりかけた。

「とてもお疲れに見える」

レーナルトが供の者を連れて立っている。

「こんなに遅くまで夜会に残っていることはないものですから」

一晩中リティシアを離そうとしなかったレーナルトを責めるような言い回しになってしまったことに気づき、慌てて「とても楽しかったです」と、直前の自分の言葉を打ち消す。

「お部屋までお送りしましょう」

レーナルトの言葉に、リティシアは首をふった。

「いえ……けっこうです。一人で戻れますから」

「しかし、女性を一人で歩かせるわけには」

救いの手を求めて、リティシアはあたりを見回す。彼に送らせるわけにはいかない。これ以上一緒にいたら、ひと時の美しい夢以上のものを期待してしまいそうだった。

ちょうど巡回の途中なのか、銀の鎧を身につけた騎士がこちらに向かって歩いてきたため、リティシアは彼を呼びつける。

「コンラート！　お部屋まで送ってほしいの。大丈夫かしら？」

「かしこまりました」

膝をついて礼をとったコンラートが立ち上がるのを待って、リティシアは優美な礼になっていることを願いながらレーナルトに頭を下げた。

「それでは……失礼いたします……レーナルト様」

コンラートに手を差し出して、リティシアはその場を離れる。

「珍しいですね、こんな時間まで舞踏会にいらっしゃるなんて」

リティシアを見下ろすコンラートの目は優しい。この目に憧れたこともあったと、リティシアは懐かしく思い出した。身分の差など気にせず、一緒に遊び回っていた頃の話だ。

「──本当はもっと早く戻るつもりだったのだけれど」

賓客《ひんきゃく》に望まれているのだから、それを蹴って戻るわけにはいかない。いつもの時間に退席できていたら、廊下を人が行き来しているから、わざわざ部屋まで送ってもらう必要もなかったのに。

遅くまでいるのが常のヘルミーナなどは、一人で戻るのは不用心だからと侍女を待機させているらしいが、リティシアはその必要性を感じたことはなかった。

「花嫁はリティシア様で決まりですか」

コンラートの問いにどう返したものかとリティシアは迷う。

「わからないわ」

長い間迷って、結局リティシアはそう返した。その時には、二人はリティシアの部屋の前までたどり着いていた。

「おやすみなさいませ、リティシア様」

コンラートはリティシアの手を取り、膝をついて甲に唇を押し当てる。彼が今までこんなことをしたことはなかった。

「……お、送ってくれてありがとう。……おやすみなさい」

そっと手を引いてリティシアは部屋へと入る。閉じられた扉の向こう側で、彼が深いため息をついたことには気づかないまま。

＊＊＊

翌朝。レーナルトは年代物のテーブルを挟んでマーリオと向かい合っていた。

「どちらの娘にするか決められましたか？」

昨晩の様子を見ていれば、どちらを気に入ったのかは明らかであろうに、あえてマーリオは問う。

二人が今いるのは、昨日の条約締結《ていけつ》や舞踏会が行われた広間ではなく、王の私室である小さな部屋だった。

「リティシア姫を――」

側にあったワゴンから茶器を取り、カップに茶を注いでいた侍女の手がとまる。その瞳が好奇心に光るのを二人の王は見逃さなかった。

「茶をお出ししたら出ていきなさい」

マーリオの声に、再び彼女の手は動き始める。滑らかな手つきでそれぞれのカップに茶を注ぎ、小さな菓子の皿とともに二人の前に出すと、一礼して彼女は隣室へと下がっていった。

「リティシア、ですか」

時間稼ぎのようにゆっくりとカップを口に運びながらマーリオは確認する。

「妹姫の方です」

念を押すように言い直すと、ほう、とマーリオはため息をついた。

「あの娘は……大国の王妃となれるような器《うつわ》ではありません」

「わかっていますよ、そのようなことくらい」

レーナルトの言葉を聞いたマーリオの眉がはね上がる。

「あなたは、姉姫の方をどこか外国に嫁《とつ》がせ、妹姫は国内の有力貴族に嫁がせるおつもりだったのでしょう？　それはそれで正解でしょう。確かにヘルミーナ姫は才気煥発《さいきかんぱつ》な女性だ。しかし、わたしは妃《きさき》にそのような女性を求めていない」

マーリオが神妙に聞いている様子であるのを確認し、レーナルトは続けた。

「実はわたしは、国内の娘を娶《めと》るつもりでいたのですよ。あまり表に出るのには向いていない娘で——だから、妃に付けるべき人材には有能な者を揃えた」

「なるほど」

マーリオはただ相槌《あいづち》をうつ。隣国の王とその異母弟の、一人の女性をめぐる醜聞《しゅうぶん》は、彼の耳にも届いていた。その女性は神殿育ちと聞いているから、確かに王妃として表に出るとしたら慣れるまで時間がかかったことだろう。

「揃えた人材は手放すには惜しい。ヘルミーナならば、その人材とぶつかり合うであろうとお考えですか」

「そのようなところです」

マーリオは、ヘルミーナには政治向きのことも叩き込んできた。彼女ならば嫁いだ後にじわじわと権力を握り、最終的にはローザニアを乗っ取ることもできたであろうに。

いや――、とマーリオは目の前の若き王を見つめ直す。レーナルトは有能な君主だ。そんなことくらいお見通しなのだろう、きっと。

「そのような事情でしたら、リティシアをお選びになるのも当然ですな」

ほっと息をついて、マーリオは続けた。

「親のわたしが言うのもなんですが、あれはあまり出来がよくありません。しかしもし……万が一、娘が粗略《そりゃく》に扱われるようなことがあれば――」

レーナルトは、マーリオが切った後の言葉を察した。リティシアの扱いによっては、ただでは済まないと通告している。敗戦の王が。

「もちろん――大切にしますよ」

昨夜腕におさめた華奢《きゃしゃ》な身体の持ち主を思い出しながら、レーナルトは続けた。

「あなたがわが国の北方に気を配ってくださる限りは、ね」

この結婚によって、ローザニアとファルティナは同盟関係を結ぶことになる。これから先、ローザニアの北方にある他の国々の動きを警戒するのもファルティナ国王の重要な役割となるのだ。

「もちろん。それがわが国の利益につながりますからな」

マーリオが手を差し出す。二人の王は、かたい握手をかわした。

そしてその日の夕刻。レーナルトとリティシアの婚約が発表されたのだった。

＊＊＊

レーナルトがリティシアを選んだことに、周囲は驚いたようだった。それでも堂々と不満の声をもらしたのはただ一人だけ。

「わたしを選べばよかったのに」

慌ただしく嫁入りの支度を調《ととの》えるリティシアの部屋に入ってきたヘルミーナは、手伝うと称してあちこちひっくり返してはけちをつける作業に余念がない。

この婚姻《こんいん》には長期の準備期間は取られていない。勝者であるローザニア側から、ただちに花嫁をローザニア国内に入れることを望まれたからだ。

ファルティナ側としては、高額の賠償金をすぐに支払うことはできない。言われるがままに娘を早々に差し出したのは、条約を破るつもりはないという国王マーリオの意思表示でもあった。

「あら、そのドレス地味……どれもこれも地味ね。今から仕立て直していたのでは間に合わないし」

ぽいとリティシアのドレスを放り投げて、ヘルミーナはため息をつく。最低限の用意でかまわないと言われても、準備をする女達はおおわらわなのだ。

「あちらに行ったら新しく作るわ。そんなにたいそうな荷物を持っていくつもりもない――」

「だめよ」

リティシアの言葉を、ヘルミーナは遮った。

「そんなこと言って、あちらへ行ってから作ってもあなたが地味なものにしてしまうのはわかっていてよ？」

来なさい、とヘルミーナはリティシアの腕をつかんで部屋の外へと引きずり出す。荷造りの邪魔になる、とばかりに、

「いってらっしゃいませ」

と、乳母も侍女たちも快く二人を送り出した。


数部屋先が、ヘルミーナの部屋だった。ヘルミーナはリティシアを部屋の中央に立たせ、次から次へとドレスを取り出してはリティシアにあてがい、放っていく。

「これはダメね。髪の色と合わないもの」

「……あの、お姉様？」

「これは……少し老けて見えるかしら」

「お姉様、これはどういう……」

なぜ、ヘルミーナがリティシアにドレスを合わせているのかが理解できない。

「仕立てるのは間に合わなくても、わたしのドレスをあなたに合わせて直すのならばどうにかなるでしょう。侍女たちを総動員して間に合わせるから安心なさい」

姉の本音がわからなくて、リティシアは黙って姉を見つめる。その視線に気がついたヘルミーナ

はしかたないと言わんばかりに肩をすくめた。

「本音を言えば、選ばれなかったことを地団太踏《じだんだ》んで悔しがりたいわ。わたしはローザニアのような大国に嫁《とつ》ぐために教育を受けてきたのですもの。でも、それはわたしの誇りが許さないの。お父様には選択権はなかったのもわかっているし」

ヘルミーナはあてがった一枚を、今度は別の方向へと投げ捨てた。

「気をつけなさい、リティシア。ダメだったら逃げて帰っていらっしゃいとは言ってあげられないけれど。あなたがファルティナの王女であること。そのことだけは忘れないで」

「お姉様……どうして……」

「あなたがあまりにも、おバカさんだからよ。物覚えは悪いし、人付き合いは嫌いだし。ローザニアに行ったらバカにされるわ、きっと」

鼻を鳴らして、ヘルミーナはまた新しいドレスを取り上げる。

「足をすくわれないように気をつけなさい。……本当、わたしを選んでおけば余計な苦労をしないで済んだのに、ローザニア国王も使えない男ね！」

こうして何枚かのドレスをリティシアのために選び出すと、ヘルミーナは採寸をするために侍女を呼びつけた。

＊　＊　＊

毎日がばたばたと過ぎていく。

レーナルトも出立の時まで城に滞在していたが、マーリオとのこまごまとした打ち合わせに追われていて、リティシアと顔を合わせることはなかった。

準備する期間が与えられないのは事前に予想がついたから、さし当たって必要と思われるものは全てこのアウスレーン城に持ち込んであった。足りない品は後から送るか、ローザニアに入ってからそちらで用意することになる。

ヘルミーナもティーリスも忙しかった。姉は選び出したドレスをリティシアの身体に合わせて直しているし、王妃であるティーリスもリティシアに持たせる宝石やら何やらの選別にかかっている。だからベッドに縛りつけられている兄のアルベルト以外、リティシアの相手をしてくれる者はいない。

「嫁ぐ本人が一番暇そうだな」

ベッドに横になりながらアルベルトは笑った。髪の色や顔立ちはヘルミーナではなくリティシアとよく似ている。リティシアからは見えないが、彼の肩とわき腹は包帯に覆われていた。

「しかたないでしょう？　どこに行っても邪魔者扱いされるんですもの」

そう言ってため息をつく妹をアルベルトはしみじみと見つめた。

「苦労……するだろうな」

「……わたしも、そう思うの。お姉様みたいにはできないもの。今からでもレーナルト様に考え直していただくわけにはいかないかしら……」

アルベルトは、ベッドから手を伸ばしてリティシアの腕を叩く。

「やる前から逃げ出してどうする？」

頬の傷に布をあてた顔で彼はにやりと笑った。

「大丈夫。なんとかなるさ。おまえならできる」

「……できるだけのことはするつもり」

「そうこなくちゃな」

けが人のところに何時間も居座るわけにもいかない。

早々に辞去《じきょ》して、リティシアは庭へと出た。田舎の城だ。庭といってもたいそうな庭園があるわけでもないが、それでもうろうろしていれば時間つぶしにはなった。

「リティシア様」

声をかけてきたのはコンラートだった。

「ご婚約、おめでとうございます」

「……ありがとう。実感はないのだけれど」

困惑した表情を浮かべて、リティシアは微笑《ほほえ》む。

「マイスナート城に、転属することになりました」

コンラートは突然そう言って、リティシアの前に膝をついた。

彼が口にしたのは、リティシアの持参金として用意された国境付近の領地の城だ。領主はリティシアだが、実質的には夫であるレーナルトの管理下に置かれることになる。

「もし……何か困ったことがあったら言ってください。マイスナートからであれば、すぐに駆けつけられます。俺はあなたの忠実な騎士です」

他国の支配下にある城に行くということは、出世の道を諦めるということだ。

リティシアは言葉を失う。まさか、コンラートがそこまでするとは思っていなかった。そしてそこまでしてくれる理由もわからなかった。

「なぜ……？」

「俺……自分があなたの忠実な騎士だから、です」

コンラートは繰り返す。他の理由など必要ない、と言わんばかりに。

＊　＊　＊

婚約発表から一週間ほどたった出立の朝、レーナルトの見守る前でリティシアは家族との別れを惜しんでいた。城にいる時よりも身軽な茶色の外出用ドレスを身につけて、母である王妃、次いで姉と抱き合っている。

妹に何事か話しかけているヘルミーナを見つめながら、レーナルトは婚約が発表された日の出来事を思い返していた。

「レーナルト様」

その夜、部屋に戻ろうとする彼を呼びとめたのはヘルミーナだった。華やかに装っていた舞踏会の時とは違って、髪型もドレスも控えめなものだが、それでも彼女の美貌は目立つ。

「少し……よろしいでしょうか？」

リティシアと彼の婚約が発表されてそれほど時間はたっていない。それでも城内には婚約を祝うような明るい空気が流れ始めていた。

レーナルトの供を廊下に残し、ヘルミーナは中庭へと彼を連れ出した。夜の空気が中庭を支配している。あたりに人の気配はなかった。

ヘルミーナは、単刀直入に話を切り出した。

「なぜ、リティシアを選ばれたのです？　あの娘は国外に嫁《とつ》いで王妃となるのにふさわしい教育を受けておりません。気が弱く、人前に立つのも好みません。ローザニアの王妃としては不適格ですわ」

「……今からあなたと婚約し直せと？」

レーナルトの言葉に、ヘルミーナはうなずく。

彼は不快の念を覚えずにはいられなかった。大国の王妃の座というのはそれほど魅力的なのだろうか。

「わたしが妻に迎えたいのは、あなたのような野心家ではない」

感情を隠さずにレーナルトは言い放った。すると意外なことに、ヘルミーナは肩を揺らして笑い始めた。

「ローザニアの王妃というのは、それほど魅力的な地位なのですか？　形ばかり頭を下げている貴族たちに小国の王女と蔑《さげす》まれ、足元をすくわれぬよう常に気を張りつめ――誰が敵で誰が味方かもわからない宮中で、後ろ盾《だて》もないまま国内最高クラスの地位に立つ。わたくしなら、そんな地位などいりませんわ。少しも魅力を感じられませんもの」

その前夜、熱っぽい瞳で彼を見つめていた女性と同一人物とは思えないほど冷たい眼差しだった。

思わずレーナルトは心の中で感嘆の声をもらした。彼女は自分の美貌を最大限に利用する方法を知っている。あの夜は、それを大いに発揮してみせた。彼に愛する者がいなかったら間違いなく惹《ひ》きこまれていただろう。

「ではなぜ、身代わりを申し出られるのか？　ローザニアの王妃という地位に魅力を感じないのだろう、あなたは」

ヘルミーナは真顔になって、彼の問いに答える。

「リティシアはそれに耐えられないでしょう。わたくしなら耐えることができます。そのように教育されていますから――妹に余計な苦労をさせたくないというのは姉として当然ではありませんの？」

「わたしが守る」

レーナルトの言葉にも、ヘルミーナは疑いの色を瞳から消そうとはしない。手にした扇をもてあそんでいる。彼女が大きく息を吐いた。

「約束してくださいます？　泣かせるようなことはしないと」

一息に彼に近づいてヘルミーナはたずねる。その瞬間、彼女は扇を彼の喉元《のどもと》に突きつけていた。

――それが短剣であればいいと願っているかのように。

「もちろん。泣かせるようなことはしない。絶対に――わたしが彼女の盾《たて》となり庇護《ひご》しよう」

扇を突きつけたまま、ヘルミーナは彼から視線をそらそうとはしない。長い沈黙が続いた。それからヘルミーナはふっと息を吐き出して、扇を持った手を下ろし、うつむいた。

「わたくしの婚姻《こんいん》が決まったら、リティシアは宰相《さいしょう》の息子――彼女を愛している人に嫁《とつ》ぐことになっていました。本人も知らない内々の約束事でしたけれども。彼女を愛する人のもとで、穏やかな生活を送らせる……それは父の希望でもありました。どうか……リティシアを幸せにしてやってくださいませ」

何と答えたらいいのだろう。レーナルトは考え込み、そしてようやく言葉をひねり出す。あまりにも凡庸《ぼんよう》な言葉だったけれど。

「わたしを信じてほしい。あなたが心配するようなことはしないと誓う」

再び長い沈黙が辺りの空気を支配する。それからヘルミーナは数歩後退して彼から離れた。

「……信じますわ、あなたを。失礼なことを申し上げました。申し訳ありません」

彼に向かって頭を下げる動作は、しなやかで優雅だった。どこかぎこちない妹姫とは雲泥の差だ。

彼とともに供の待つ場所へ戻りながら、ヘルミーナは「妹にこのことは言わないでください」と彼に口止めするのを忘れなかった。

＊　＊　＊

母、姉と言葉をかわし、最後に父に頭を下げてリティシアは用意されている馬車に乗り込んだ。床を離れることを許されていない兄には、城を出る前に挨拶をしてきた。

「手紙を書くよ」

そう言ってアルベルトは頭を撫でてくれた。リティシアも、

「すぐにお返事を書くわ。だからたくさんお手紙くださいね」

そう笑って彼のいる寝室から出てきた。兄に次に会えるのは何年先のことだろう。もう一生会えないかもしれない。

ゆっくりと動き始めた馬車にはリティシアの他に二人の侍女が乗り込んでいた。今までずっとリティシアに仕《つか》えてきた侍女たちだ。

年かさの方をゲルダ、若い方をリュシカという。ゲルダはリティシアの母親ほどの年齢だ。薄い青の瞳が時折鋭い光を放つが、それ以外はいたって平凡な容姿の持ち主だ。

リュシカはリティシアより三歳年下だ。リティシアは最初別の者を連れていくつもりだったのだが、本人がローザニア行きを強く希望した。落ち着きが足りないとゲルダにたびたび叱られるが、愛嬌のある顔立ちは可愛らしい。ローザニアに行ったら、王宮騎士と結婚するつもりなのだそうだ。

「夢みたいですわ。リティシア様がローザニアに嫁ぐことになるなんて」

馬車で待っていたリュシカははしゃいでいた。

今まで王宮内では明らかにヘルミーナの方が重要視されていた。同じ王女でありながら、届けられる贈り物もヘルミーナの方が数が多く、また高級な品だった。

だが婚約が決まったとたん、リティシアのところへも山のように贈り物が届けられ、リュシカは今まで軽んじられてきた鬱憤《うっぷん》を晴らすかのようにリティシアに代わってそれらを開封し、あれやこれやと品定めしながら一週間を過ごしたのである。

ローザニアの都ローウィーナまでは十日以上馬車の旅が続く。その間ずっとリュシカのおしゃべりにつき合わなければならないのだろうかと思うと憂鬱《ゆううつ》になる。王宮内で軽んじられてきたリティシアに、誠心誠意仕《つか》えてきてくれたのはありがたいと思っているのだけれど。

「口を閉じなさい、リュシカ」

ゲルダはぴしゃりとリュシカに言う。

「リティシア様を、おまえのおしゃべりでわずらわせてはいけません」

とたんにつまらなそうな顔になって、リュシカは口を閉じる。ゲルダがリュシカを叱責《しっせき》してくれたのはありがたかった。静かになった馬車の中、リティシアは座席に頭をもたせかけて目を閉じる。できることなら、一人になりたかった。

早朝に出発し、一度休憩を取ることになったのは午前も半ばという頃だった。馬を休ませ、兵士たちも休憩をとる。

侍女たちは、馬車が止まるのと同時に飛び降りるようにして地面に敷物を敷き、そこにリティシアを座らせていた。リティシアは思いきり背をそらせた。

「いい気持ちね。こうしているのは」

「本当に。雨にならなくてようございました」

ゲルダが同意した。

今日は天気がよくて暖かい。馬車の座席は贅沢《ぜいたく》にクッションが敷きつめられていて乗り心地がいいのだが、それでも窮屈であることは否定できない。靴も脱ぎ、押し込められていた足の指を自由にしてやる。

しばらくして、出立のふれが出される。彼女たちが無事に乗り込んだのを確認して、再び馬車は動き始めた。

その後一度軽食のために馬車を止め、何回かの休息を挟んで国境を越え、夕方には予定していたローザニア国内の中継地に到着することができた。早朝に城を出たのは、夕方までに国境を越えるためだったのだそうだ。

「そろそろ今夜泊まるところに着くそうですよ」

ゲルダに静かに揺さぶられて、リティシアは目を開けた。

「……あら、もう着いたの？」

何度か馬車から降りた以外は、ずっとうとうとしっぱなしだったのだ。それほど時間がたったようには感じられない。馬車が向かおうとしているのは、立派な屋敷だった。このあたりを治める貴族の住まいなのだろう。

「リティシア様は、あのお屋敷にお泊まりになるそうですよ」

速度を落とした馬車は、ほとんど音をたてずに屋敷の前で停まった。

兵士たちは天幕を張って野営の支度に勤《いそ》しんでいた。大きな屋敷とはいえ、さすがに全員を泊めるだけの広さはないようだ。

屋敷の主人だという大柄な男が、満面の笑みを浮かべて一行を出迎えた。

「ようこそおいでくださいました。オーウェンと申します」

主は自らリティシアたちを中に招き入れた。未来の夫はもう中に入ってしまったらしく、姿は見えない。そのことにリティシアは少しがっかりした。

オーウェンはリティシアを立派な部屋へと案内する。侍女たちには続き部屋が与えられた。

「なにぶん田舎なもので、何かとご不自由をおかけするかとは思いますが……一晩のことですので」

主の言葉は、謙遜《けんそん》なのだろうか。部屋に置かれた天蓋《てんがい》つきのベッドは十分寝心地がよさそうだし、長椅子も低めのテーブルもどれもがよく吟味されたものであることがわかる。ここに並んでいる品は、ファルティナの王宮の家具よりも上質かもしれない。

「とんでもありません。こんなによくしていただいて……」

リティシアの言葉に、オーウェンは満足そうに目を細めた。

「あの……陛下は？」

「夕食の時にお会いになれると思いますよ」

リティシアはオーウェンが退室するのを見送った。それから茶色の旅装を脱ぎ捨てて、ゲルダが衣装箱から取り出した淡い桃色のドレスに袖を通す。

「宝石はどうなさいますか？」

「必要ないわ。髪だけ結い直してちょうだい」

リュシカが後ろに回って、慣れた手つきで髪に櫛《くし》を通し始める。リティシアは、鏡の中の自分を見つめた。大国の妃《きさき》としてふさわしいだろうか——付いている侍女二人に確認するわけにもいかない。彼女たちはふさわしいと誉めちぎるだろうから。

それでも、リュシカが髪を整えてくれればましになるとリティシアは思う——いや、そう思いたいという方が正解だ。


夕食の席もすばらしいものだった。贅《ぜい》をつくしたというよりは、あえて田舎風を強調した料理がテーブルに載せられる。リティシアが軽く口をつけただけの酒も、上質の品だった。

オーウェンはリティシアに美しいと何度も繰り返した。お世辞《せじ》であることがわかっていてもリティシアが不快感を覚えなかったのは、彼の落ちついた話し方のおかげだろうか。しかしリティシアは終始強張《こわば》った笑みを口元にはりつけ、レーナルトとオーウェンの会話を邪魔しないよう、話をふられた時のみ口を開くようにしていた。

最後の一口を口に運びながら、リティシアはレーナルトの方をうかがった。

あの舞踏会の夜から、彼と二人で話をする機会はなかった。なぜ姉ではなくリティシアを選んだのだろう。それをまだ確認できていない。

夕食を終えて部屋に戻れば、後はすることもなかった。別室で夕食をとったゲルダとリュシカに、就寝の支度を手伝ってもらう。

夕食のためのドレスから夜着へと着替え、リティシアは二人を下がらせた。まだベッドに入るには早いような気がする。そのまま窓の側に腰を下ろした。

こんな日がこれから一週間以上続く。大きく息をついて、リティシアは椅子の上で行儀悪く膝を抱《かか》え込む。

もう旅を終わりにしたいような気がする。昼間は馬車に揺られて、夜は知らない人と顔を合わせて食事をして。世話になるのだから食事の席に出るくらいは最低限の礼儀なのだが、どうしても緊張の糸を解くことができない。

どうして自分はこうなのだろう。情けなさにリティシアはきゅっと手を握りしめる。

姉ならどれだけ笑顔をふりまいてもこんな風にぐったりすることはないはず。自分は姉のようになれない。今日だって、オーウェンとうまく話すことはできなかった。

明日もまた知らない人の屋敷に世話になって、笑顔をふりまかなければならない。愛想よくしなければならないことくらいわかっている。

大きくため息をついた時だった。静かなノックの音がする。リティシアは扉を開けた。

「……入っても？」

レーナルトに問われ、リティシアは身を引いた。扉の隙間からするりと彼が入り込んでくる。夜着しか着ていないことを思い出して、リティシアは焦りながら椅子にかけてあったガウンを取ろうとした。

「必要ない」

「……でも」

ガウンを取ろうとした手首をつかまれて、リティシアは動揺した。身体の線が浮き出る薄い夜着しか着ておらず、あまりにも無防備だ。そのまま手首を引っ張られ、勢いでリティシアはレーナルトの胸にぶつかった。

「姫」

レーナルトの声が、甘く耳をくすぐる。

「あ、あのっ」

リティシアのささやかな抵抗にはかまわず、もう片方の手が背中に回される。家族以外の異性に抱きしめられたことなどないリティシアは、自分の身体が震えるのを感じていた。

どうすればいい？　この場合、どうするのが正解なのだろう。思わず視線が天蓋《てんがい》つきのベッドに向けられる。

もし、――今あの場に連れていかれたら。

「……姫」

抱きしめたリティシアにレーナルトはもう一度声をかけた。リティシアは緊張を隠すことができなかった。顔がかあっと熱くなってくらくらする。

「……あなたの嫌がることはしないから。だからそんなに怯《おび》えないでほしい」

レーナルトは片手を伸ばして椅子の背にかけられていたリティシアのガウンを取る。それが細い肩にかけられると、彼女は急いで胸元をかき合わせた。

「その……気が急《せ》いて……本当に申し訳ない」

謝罪の言葉にリティシアは首をかしげる。なぜ、彼はここに来たのだろう。

「ずっとあなたと話す時間がなかったから――少しだけ――寝る前に話をしようと思っただけなんだ」

レーナルトは笑顔を見せた。その言葉にリティシアはほっと胸をなでおろした。これなら、うまくやっていけるのかもしれない。彼も同じ思いを持っていてくれたのなら。

「でも、あなたを目の前にしたら、自制がきかなくなった」

もう一度リティシアを引き寄せ、顎《あご》を持ち上げた。リティシアが拒《こば》む間もなく、唇が重ねられる。初めての口づけはリティシアの思考を奪い去った。求められるがままに、何度もレーナルトの唇を受け入れる。ようやく唇が解放されたと思ったら、頭を彼の胸に押しつけられた。

「……離していただくわけには……？」

小声でリティシアはたずねる。彼の全身の体温を感じさせるこの体勢が落ち着かない。

「こうしているのは不愉快？」

「……いえ、そういうわけでは」

リティシアは小さな声をあげた。レーナルトの指が背中を這っている。その感覚は嫌なものではなかったけれど、知らない世界へと押し出されるような予感を抱《いだ》かせた。

「本当にあなたは可愛らしいね」

身をよじったリティシアを見て、レーナルトは笑った。リティシアの頬が紅潮する。

国に残してきた乳母や仕《つか》えてくれる侍女たちがくれる褒め言葉は、お世辞《せじ》にしか感じられなかったのに。彼の口から出るとどうしてこんなにも甘美なのだろう。彼と瞳を合わせることができなかった。今見たら、きっと彼の青にとらわれてしまう。

「わたしたちには、時間が必要だ。もっと……互いを知る時間が」

レーナルトの言葉に、リティシアの心は軽くなった。彼とならきっといい夫婦になることができる。リティシアはただ、彼を信じてついていけばいい。

「おやすみ、姫。よい夢を」

最後にリティシアの額に唇をあてて、レーナルトは部屋を去る。それを見送って、リティシアは

「おやすみなさいませ」

とつぶやいた。

＊＊＊

キスの余韻《よいん》は、リティシアの夢の中にまで忍び込んできた。眠りに落ちれば唇に触れた感触が鮮やかに夢の中で再現される。そのたびにリティシアは目を覚ますことになり、そうして何度か眠っては起き、を繰り返すうちにいつの間にか朝を迎えていた。

身支度を終えて外に出たリティシアは驚いた。どこで調達してきたのか馬車が二台に増えている。侍女二人はやや簡素な馬車へと案内され、昨日の馬車にはリティシア一人が乗り込むことになった。

一人になりたいとリティシアが望んでいたのを、レーナルトが気づいてくれたのだろうか。リュシカもゲルダも悪い人間ではないし、リティシアを気づかってくれているのは知っている。けれどそれと、ずっとリュシカのおしゃべりを聞かされるのとは別問題だ。

昨日はそこまで頭が回らなかったが、今日は馬車の中で読むための本も荷物から取り出しておいた。高尚《こうしょう》な内容というわけではないが、少なくともこれを読んでいる間は時間をつぶすことができる。

馬車の周囲が慌ただしくなり始めた。

「失礼する」

何があったのかとリティシアが腰を浮かせかけた時、有無を言わせない口調とともに馬車の扉が開かれた。

「レーナルト様」

リティシアは座席の上で、彼から遠ざかるようにそっと身体の位置をずらす。

ここでレーナルトと二人きりになるのならば、侍女たちと一緒の方がはるかにいい、などと口にできるはずもない。黙って彼が馬車に乗り込んでくるのを見守るしかなかった。レーナルトはリティシアの向かい側の席に腰を下ろすと、彼女を見つめた。

「今日はずっと馬車で移動なさるのですか？」

「そのつもりだ――ご迷惑かな？」

「……いえ」

レーナルトの視線に耐えかねたように、リティシアは身をすくませた。迷惑などと言えるはずもない。なるべく彼から遠ざかろうと、対角線上の席に移動する。片方の手で胸に本を抱きかかえ、もう片方の手は皺になるほどに強くスカートを握りしめていた。

「……姫」

レーナルトは手を伸ばし、スカートを握りしめるリティシアの手を取る。リティシアは一瞬手を引きかけたが、意志の力でそれを抑えこんだ。それに気づいたのかレーナルトは優しく声をかけてくる。

「わたしたちには、互いを知る時間が必要だと昨夜言ったはずだ。馬車で話をする時間は貴重なものだと思う。しかしあなたが望むのならば、すぐにでも馬車を降りよう」

その言葉が終わる前に馬車が動き始める。

「……供の者が……」

手を取られたままリティシアはうつむき、胸に抱《かか》えていた本を力なく膝の上に置く。

「侍女たちが、気にしますから」

レーナルトの前では二人とも顔に出すはずはない。しかし、後になればリティシアに「結婚前に二人きりで長時間過ごすなどとんでもない」と言ってくるのは目に見えている。

昨晩だって隣の部屋で聞き耳をたてていたはずだ。レーナルトがもう少し長く部屋にいたなら、今朝はゲルダにがみがみ叱られていただろう。

そんなリティシアの気持ちを知ることのないレーナルトは、つかんだ手を強く引いた。リティシアは彼の胸へと倒れこむ。膝から本が滑り落ちた。

「わたしたちは、夫婦になるというのに何をはばからなくてはならないのか？」

「ですから……」

夫婦になる前に、二人きりになるというのが問題なのだ。まだ近づかない方がいい。

そっと身を離そうとすると、ふいに抱きしめられる。逃げる隙などなかった。あっという間に唇が奪われる。

数度、探るように触れてきた。それだけで力が抜けて、彼の腕に身体を預けてしまう。

油断してほんの少しだけ開いていた唇から、彼が入り込んできた。瞬間、身体が強張《こわば》った。逃げ回る舌が強引に絡めとられる。

リティシアは最初はおどおどと、それから少しずつ大胆に応じ始める。耐えかねて小さな声がもれたが、それも彼の唇に吸い取られる。レーナルトの手が背中を上下に撫でた。その動きに呼応して、肩が跳ね上がった。

「……だめ、……だめ……です……」

彼の胸を押し返そうとしているリティシアの声音に非難の色を感じ取ったのか、ようやくレーナルトは彼女を解放した。

そそくさと席に戻ったリティシアは、乱れた髪を撫でつけ、レーナルトから視線をそらした。今の行為で床に落としてしまった本をレーナルトが拾ってくれる。それを受け取りながら、リティシアは顔をうつむけた。

今の自分の反応を思い出すと、顔が熱くなる。レーナルトはどう思ったのだろう。今まで王女教育の一環として夫婦の間のことについてはそれなりに教えられてきたが、さすがに実地で学んではいない。乳母が言うには、そういった時でも声をあげたり息を乱したりせず、動かずにじっとしていなければならないらしい。今のリティシアにはそれを守る余裕はなかった。はしたない娘だとは思われなかっただろうか？

身の置きどころがなくなったように感じられて、膝に視線を落とす。うつむいてスカートをいじりまわしているリティシアに、レーナルトは声をかけた。

「姫、恋をしたことはあるか？」

「恋……ですか」

誰かを好きになったことなんてない。

昔コンラートに抱《いだ》いた想いは、恋と呼ぶにはあまりにも淡すぎるものだった。また自覚し始めるのと同時に、殺すしかなかった気持ちだった。リティシアの視線が、膝の上をさ迷って横たえた本のタイトルにとまる。『竜騎士の詩《うた》』と書かれた金文字を人差し指でそっとなぞった。

「ある」と答えられればいいのだろうけれど——

「残念ながらと……言うしかありません。宮中の素敵な男性は皆、姉を崇拝しておりましたので」

ヘルミーナを取り巻く男性たちの目には、リティシアなど映ってはいなかった。

もしそのうちの誰かに嫁《とつ》ぐことになっていたら、彼らはリティシアを大切に扱ってくれただろうか。それともリティシアを家に残して、宮中では変わらず姉を見つめ続けただろうか。

「レーナルト様は、恋をしたことはおありですの？」

きっとあるだろう。そう確信しながら、リティシアは同じ問いを返す。リティシアより年上なのだし、彼に惹《ひ》かれる女性がいなかったなんて考えられない。

その質問を、すぐにリティシアは後悔することになった。レーナルトの表情が変わる。リティシアが見たこともないような、甘い痛みをともなった微笑へと。

「……ある」

「そう……ですか……」

リティシアの胸が痛む。いくら彼女がそういうことには疎《うと》いとはいえ、レーナルトの表情が何を意味しているのかくらいはわかった。彼の心の中には、まだその相手が住み着いている。きっと素晴らしい女性だったのだろう。彼にこんな顔をさせるくらいなのだから。

自分で傷を抉《えぐ》りながら、リティシアはさらに問いを重ねる。聞けば聞くほど苦しくなるだけだとわかっているのに。

「どんな方……でしたの？」

「そうだね。聡明《そうめい》で、自分のことより先に人のことを考える女性だったよ」

自分とは正反対の女性のようだ――とリティシアは思った。彼の心の中にリティシアの入り込む余地はないのだろう。愛されることなんて望んでいない……それは望んではいけないことだ。

それにしても彼は過去形で彼女のことを語っている。亡くなったのだろうかとリティシアが黙り込んでいるうちに、レーナルトがまた口を開いた。

「神殿で巫女を務めている彼女に求婚したのだが、断られてしまってね――宮中では皆知っている話だ。あなたの耳にも入ることがあるかもしれない。だから先に話しておこうと思った」

そんな顔をしないでくださいと口からこぼれそうになる。リティシアを想って、彼がそんな顔をすることはないと嫌でもわかってしまったから。

「けれど、もう終わった話だ。彼女は弟と結婚することになっている。いずれ会う機会もあるだろう」

そう言って、レーナルトはその話題をうち切った。

「それより、わたしたちの話をしよう。わたしはあなたのことをもっと知りたいし、あなたにわたしのことを知ってほしいとも思っている」

笑顔を作らなくては。リティシアは顔の筋肉を総動員して、なんとか笑みを作る。

愛がなくても、いい夫婦にはなれるはずだ。大丈夫。やっていける。愛されなくてもいい。せめて妻として必要とされるようになりたい。そうでなければ、姉の後ろに隠れていた頃と変わらない。

「そちらに行っても？」

レーナルトがリティシアの隣の座席を指す。リティシアは迷うことなくそれを受け入れた。

隣に座ると同時にレーナルトは話し始める。リティシアもそのことは知っていた。

「わたしと弟は、母が違っていてね――」

レーナルトの母親は、今はローザニアの支配下におかれている隣国の王女だった。嫁《とつ》いだ直後に自国は権力争いで混乱し、後ろ盾《だて》を失ってしまったのだという。弟の母親、つまりレーナルトの父親の寵姫《ちょうき》は、ローザニアの有力貴族の娘だった。後ろ盾のないレーナルトの母親は王妃の地位こそ取り上げられなかったものの、いてもいなくても大差ない扱いを受けていた。

レーナルトの母が亡くなり、その喪《も》が明けるとすぐに寵姫《ちょうき》が王妃になったのだという。だから長男であるレーナルトより、次男のウェルナーを次の王にと推《お》す貴族も多かった。そういった王位争いを避けるために、弟の方は神殿に入って神官となったのだそうだ。

ゆっくりとレーナルトの手が、リティシアの手に重ねられる。リティシアは、今度はその手を引こうとはしなかった。

「その本は？」

彼はリティシアの膝の上に載せられた本を見てたずねた。

「……陛下がお読みになるようなものではありませんわ」

リティシアは、そっと本をひっくり返した。何度も読み返している本だった。内容は完全に覚えてしまっている。

「そうかもしれないが、教えてほしい。国に戻ったら、あなたが好きそうな物語を図書室からあなたの部屋へ運ばせよう」

リティシアがどんな物語を好もうと、彼なら笑い飛ばすことはないだろう。

「……ありきたりの物語です、レーナルト様。王女と――彼女に仕《つか》えている騎士が恋に落ちるんです」

どれほど焦がれても焦がれても。身分の違う二人は結ばれることはできない。王女を残し、騎士は旅に出る――彼女を娶《めと》ることを許されるだけの手柄をあげるために。

「それで？」

レーナルトは先をうながした。

「騎士は人々を苦しめている竜を倒して、竜騎士と呼ばれるようになるんです」

王女を手に入れるために、騎士は幾多の苦難を乗り越えなければならなかった。それこそ命を賭けて。

「……竜を倒した騎士は、無事に王女と結ばれました」

めでたし、めでたし、とリティシアは話を終える。

「確かに、女性が好きそうな物語だね」

微笑《ほほえ》ましげに見つめてきたレーナルトは再び問いを投げかけた。

「……それで、その物語に登場する王女と騎士の名前は？」

そう、物語のことを話す間、リティシアは二人のことをずっと王女と騎士と言い表していた。だからレーナルトは二人の名前を知らない。

「……リティシア。リティシア姫と……コンラートです」

リティシアは小声で言った。最初にこの物語を好きになったのは、主人公に愛される王女の名前が自分と同じだったから。同じ名前の王女に自分を重ねて読んでいた時期もあった。何度も読んで覚えてしまった物語なのに、今でも読み返せば波乱万丈《はらんばんじょう》の二人の運命にハラハラドキドキさせられてしまう。むろん竜騎士と同じ名を持つコンラートにはそんなことを言えるはずもなくて、ひたすら自分の胸にしまいこんでいたのだけれど。

きっとレーナルトはそんな理由なんてすぐに見透かしてしまうだろう。けれど彼はそれ以上追及してこなかった。

「王宮の女性たちも物語は好きだ。きっとローウィーナの図書室にもあなたの好む物語があるだろう」

「本当ですか？」

他の恋物語にはそれほど興味もないのだけれど——ありがたく受け取っておこう。未来の夫の好意だ。読んでみれば案外面白いかもしれないし。

「楽しみです」

重ねられたままの手にリティシアは視線を落とす。彼を信じてついていけばいいと心の中で繰り返しながら。

＊＊＊

「ほどほどになさいませ」

その日の宿泊場所に到着するなり、ゲルダはリティシアを叱りつけた。リュシカは荷物を開き、夕食のために着替えを取り出している。

「お式も終わっていないのに二人きりになるなんて、慎《つつし》みがないと思われてもしかたがありませんよ」

ゲルダの声音は厳しかった。

「でも……、馬車に乗り込んでいらしたのはレーナルト様よ？」

リティシアは反論する。

「レーナルト様が、互いを知る時間が必要だって。わたしもそう思うわ」

「ばかばかしい」

ゲルダは鼻を鳴らした。

「知る必要なんてございませんよ。リティシア様は陛下のおっしゃるとおりにしていればいいのです」

「それなら、レーナルト様が必要なくなったと判断するまで一緒にいるしかないじゃないの」

ゲルダは口を閉じた。薄い青の瞳が鋭さを増す。

「まさか……ふしだらな行為など……」

「ゲルダ」

さすがのリティシアも手を上げてその言葉を途中でとどめた。

「そう思いたいのならば、そう思えばいいわ。あなたが想像しているようなことなど、まったくなかったけれど」

その数歩手前までたどり着いていたのは事実ではあるが、ゲルダに言う必要もあるまい。

荷を解きながら黙って二人の話を聞いていたリュシカが、リティシアの髪に櫛《くし》を通すべく近づいてくる。そして話に割り込んできた。

「いいんじゃないですか？　どうせ着いたらひと月もしないでお式なんですし。多少順番が前後したって誰も気にしませんよ」

「リュシカ！」

脅《おど》すようなゲルダの声にもリュシカは動じない。

「ローザニアで一番偉いのは国王陛下なのでしょう？　ファルティナまで噂《うわさ》が流れることもないでしょうし。一番偉い人に従っておけば間違いないですよ。下手に逆らって怒らせてしまったら、後が怖いですよ、きっと」

ゲルダの苛立ちがつのっていくのが、リティシアにはわかった。

「ゲルダ……あなたが、わたしのことを考えてくれているのはわかっているの。感謝しているわ」

リティシアはなだめるようにゲルダの腕に手をかける。

「でも国外に嫁《とつ》ぐのだから……今までのやり方ではだめだと思うの。わたしはレーナルト様を信じたいと思うわ……それにその、お式の前にふしだらなことはなさらないと思うの」

レーナルトなら、ぎりぎりの線で踏みとどまってくれるような気がする。そうでなかったとしても、リティシアは拒《こば》むつもりはなかった――もし、彼がリティシアを望んでくれるのなら。

ゲルダは、諦めたようにため息をついた。

「リティシア様がそうお決めになったのでしたら……軽く扱われても、わたしは知りませんからね！」

ゲルダは、脅すようにリティシアに向かって指をふった。

その夜もレーナルトはリティシアの部屋を訪れた。今夜は昨晩より少し早い時間帯で、リティシアはまだ着替えている最中だった。大慌てで着替えを終えて、改めて部屋の中に招き入れる。

今夜は、リュシカは続きの部屋に下がり、ゲルダは部屋にとどまっていた。リティシアにガウンまで着せかけた上で、部屋の隅でにらみをきかせている。

ゲルダには目もくれず、部屋の中央に立っているリティシアのところまで大股に歩み寄ると、レーナルトはリティシアの手を取った。

「今夜は眠れそう?」

のぞきこんでくる青い瞳をリティシアは正面から受けとめた。

「はい」

彼の視線に誘われるように、リティシアは口角をゆるやかに上げる。

「よかった。それでは——姫。よい夢を」

レーナルトは昨晩と同じ台詞《セリフ》を口にした。

「レーナルト様も……おやすみなさいませ」

レーナルトはリティシアの身体に腕を回し、額に唇を落とすと、それ以上は何もせずに部屋を出ていった。

「ほら、何もないのよ。レーナルト様はわたしを丁寧に扱ってくれているでしょう?」

「それならいいんですけどね」

ゲルダは、リティシアの言葉からレーナルトの行動の裏を探ろうとしているかのようだった。

リティシアはゲルダが心配していることを探り返そうと、ゲルダを見つめる。

レーナルトが弟の婚約者を愛しているということを知っているのだろうか。これが政略結婚であることは周知の事実なのだし、今さらレーナルトに想い人の一人や二人いても騒ぎ立てるほどのことではない。

「リティシア様」

ゲルダはリティシアの前で膝を折る。

「あまり――心をお許しになりませんよう。それがリティシア様のためでございます」

「わかっているわ。ありがとう」

リティシアはゲルダの言いたいことを理解した。

きっとゲルダはわかっているのだろう。政略結婚でも何でも、リティシアがレーナルトに恋心を抱いていることを。姉ではなくリティシアを選んでくれたあの時から、彼女の目には彼しか映っていないということを。

翌朝はいい天気だった。リティシアは、馬車に乗り込むと背筋を伸ばした。スカートの裾も丁寧に広げてなるべく美しく見えるように気を配る。彼が今日も乗ってくるのなら、本は必要ないから持ってこなかった。

「姫――ご一緒してもよろしいか？」

昨日と同様に馬車の扉が開かれる。リティシアは最高の笑顔を作って、彼を出迎えた。

「どうぞ、こちらへ」

手で示したのは、彼女の隣だった。

「隣に？」

そう言いながら、レーナルトはリティシアの隣に座を占めた。今日はリティシアが先にレーナルトの手に自分の手を重ねた。そして彼の瞳をのぞきこむ。

「わたくしは……レーナルト様にふさわしい妻になりたいと思います。いたらないところはたくさんあると思いますけれど……」

リティシアの言葉は、途中で断ち切られた。レーナルトが彼女を抱きしめたからだ。

「本当に可愛らしい人だね、あなたは」

笑いを含んだ声が耳をくすぐる。

「大丈夫、あなたは今のままでいい。必要なことは着いてから覚えてくれれば十分だ。あなたに付ける侍女も、きちんと選んであるから」

近づいてきた唇をリティシアは黙って受け入れた。そっと舌が差し込まれる。それも押し返すことなく、従順に応じる。

背中に回されたレーナルトの手が、優しくリティシアの背を撫で始めた。リティシアは声を殺そうと身体を強張《こわば》らせ――それでも昨日とは違い、レーナルトを押し戻すことはしない。おどおどしながらも、彼の背に手を回す。

「今日は素直だね」

唇を離したレーナルトの言葉に恥ずかしくなり、リティシアは彼の胸に顔を埋めた。ゲルダの言葉が頭をかすめたが、リティシアはとどまることができなかった。

「……レーナルト様が……お望みになるのでしたら……」

声がかすれてしまったのがもどかしかった。彼が望むことなら何であろうとも応《こた》えたい。

たとえこの場で全てを捧げることになっても――

リティシアを選んでくれた彼に、彼女が返せることはそれしかないから。

第二章

旅の残りの日々も同じようなことが繰り返された。昼間は一つの馬車に揺られ、寝る前にはレーナルトがわざわざリティシアの部屋を訪れて就寝の挨拶をする。

しかしローザニアの都、ローウィーナ到着の日だけは違っていた。その日ばかりは馬に乗って先に行っていたレーナルトが、リティシアのために扉を開いてくれた。

馬車から降りようとしたリティシアの目が丸くなった。白い石を使って建てられた王宮は、リティシアが想像していたよりずっと壮麗《そうれい》なものだった。全ての窓が美しく磨かれ、鏡のように光を反射して輝いている。

主な建物は三つあって、それぞれが白い石で作られた通路でつながれている。リティシアが今まで暮らしていたファルティナの王宮などはその建物一つに三つも四つも入ってしまいそうだった。何本も建てられた高い塔の先端からは、黄金色《きんいろ》に輝く神々たちの像がリティシアを見下ろしていた。

馬車から降りて来た道をふり返れば、その両側に美しい庭園が広がっている。今を盛りとばかりに花が咲き乱れ、木は生き生きとした緑の葉を茂らせていた。

「ようこそ、ローザニア王宮へ」

リティシアの手を取ってレーナルトは微笑《ほほえ》んだ。気の利いた言葉一つ返せず、リティシアはただ首を上下させる。新たな世界に圧倒されすぎていた。これからここで暮らすのだと言われても実感がわかない。

リティシアに与えられたのは、結婚後に使うことになる夫婦の寝室を中心にした、続き部屋の一つだった。夫婦の寝室を挟んで反対側にはレーナルトの部屋がある。居間に客間、それに夫婦の寝室に繋がる一人用の寝室。寝室は結婚するまでだけではなく、結婚してからも夫婦の寝室に入れない時に使うらしい。侍女たちの部屋もついている。

いずれの部屋にもリティシアからすれば目を回しそうなほど高級な家具が置かれていて、国力の違いをまざまざと見せつけられた。

出迎えたタミナとリーザという侍女は、二人とも知的な雰囲気の女性だった。以前は役人として働いていたのを、レーナルトが引き抜いたのだという。

レーナルトは二人にリティシアを託《たく》して、彼を待ちかまえている政務のために足早に執務室へと去る。

「どうぞよろしくお願いいたします」

と、侍女たちは二人揃ってうやうやしくリティシアに頭を下げた。

王妃ともなれば、夜会を主催しなければならないし、貴族の邸宅に招待されることも多い。交友関係が一気に広がることになる。リーザは国外から嫁《とつ》いできたリティシアの教育係を兼ね、タミナは宮廷人との交流時の補佐をすることがあわせて告げられた。どの招待に応じるか、人を招く場合は誰を招くべきか、全てタミナに確認すれば間違いがないという話だった。

「急に決まったことなので、何かと勉強不足なの。よろしくお願いね」

リティシアは、素直に二人に頼む。ヘルミーナならば、こんな時どうするのだろうと一瞬思ったが、その考えはすぐに頭から消し去った。

リティシアにつくのはこの四人だけではない。直接リティシアと話すことを許されない侍女もたくさんいて、タミナは彼女たちを呼びよせて荷をほどいていった。

リーザはリティシアの前に膝をついた。他の侍女が彼女の膝の上に大きな箱を載せる。リーザが開いたそれは、宝石箱だった。中で煌《きらめ》く宝石の美しさにリティシアはただ見とれるばかりだった。

「これは……？」

「代々のローザニア王妃殿下が受け継いできた宝石です。これからは、これをお使いくださいませ」

おさめられた宝石はどれも大粒で、おそらくリティシアの母や姉に持たされたものよりはるかに高価な品だ。こんなものを身につけてもいいのだろうか。リティシアが目をそらすと、リーザはその箱を他の侍女に命じて片づけさせる。それからリティシアを居間の長椅子へと案内し、茶道具を載せたワゴンを押してくると、彼女はリティシアに飲み物を勧めた。

「もしやお疲れではありませんか？」

「ありがとう。それほどでもないわ」

「それはよろしゅうございました。もし、お疲れでなかったら……王宮をご覧になりますか？　わたくしが案内させていただきますが」

柔和なリーザの目の裏にあるものをリティシアは探ろうとする。もう教育は始まっているのだろうか。

「そうね、お願いするわ。……あなたもいかが？」

リーザがお茶をそそいでくれたカップを持ち上げて、リティシアはたずねる。

「いえ、わたくしは……」

リーザは首をふった。

「そう？　立っているあなたと話をするのは気づまりだし、座って相手をしてくれると嬉しいのだけれど」

優雅に一礼して、リーザは腰を下ろした。王妃付きの侍女といっても、もとは役所に勤めていた人間だ。身分としてはそれほど高くはない階級の出身だろうに、リティシアなどよりよほど洗練された動きだ。また一つ、引け目を感じてしまう。

リティシアがお茶を飲み終える頃には、荷ほどきも終わっていた。ゲルダとリュシカも連れて、リーザが王宮の中を案内してくれる。

リティシアとレーナルトが生活をするのは西の建物だ。リティシアやレーナルトの他に、二人の側近くに仕《つか》える者たちもこの建物に部屋をもらうことになる。

中央の建物には、レーナルトが執務を行う執務室や謁見《えっけん》の間、西の建物への立ち入りを許されない客人を迎えるための部屋などがある。

東の建物には夜会を開くためのきらびやかな広間や、賓客《ひんきゃく》が宿泊するための部屋などがある。そして、それぞれの建物は広い庭園に囲まれていた。リティシアに与えられた部屋同様、どの建物もリティシアの想像をこえる豪華さだった。

「お召し物を拝見しましたが、もう少し数を揃えた方がよろしいかと存じます。明日にでも仕立屋を呼びたいと思いますが……お式の衣装も決めなければなりませんし」

王宮を一周し戻ってきたリティシアに、タミナが告げた。

「……そう？　それなりに持ってきたつもりだったのだけれど……」

到着早々浪費をするのは心苦しい。確かに持ってくる衣装についてはそれほど大量にならないようにしたつもりだったが、それでもさしあたっては不自由のないように選んだつもりだった。リーザも口を挟んだ。

「ご結婚を控えていらっしゃいますし、しばらくの間は毎晩のように夜会に出席していただくことになります。もちろんお手持ちの衣装をお召しになっていただいてもかまわないのですけれど……」

王妃としては、あまり何度も同じドレスを着るわけにはいかないらしい。そしてリーザは言外に、リティシアの持参したドレスはローザニアでは野暮ったいと匂わせていた。

「夜会ってわたし一人で？」

「陛下がご一緒できない時は、わたくしかタミナがお供させていただきます」

「……わたし、物覚えがよくないの。人の顔と名前が一致しなくてあなたに迷惑をかけてしまうかもしれないわね」

リティシアは口にしてから慌てて手をふった。

「もちろん……もちろん努力はするわ。頑張る。それは約束するから」

慌てるリティシアに、ローザニアの侍女たちは何とも言えない表情を見せた。


夕食は一人きりだった。国元に戻ってきたレーナルトには、片づけなければならないことが山のようにたまっていたらしい。彼は執務室で書類を眺めながら、簡単に食事を済ませたようだ。

寂しい、とリティシアは思った。広い食堂でただ一人テーブルに向かうのは、寂しすぎる。

一度そう思ってしまえば食も進まない。申し訳ないと思いながらも大半を残してしまった。明日以降は、居間に用意してもらおう、とリティシアは決める。

入浴を済ませ、夜着に着替えた。疲れているのに、侍女たちに囲まれているのは気が重い。何か言いたそうにしていたゲルダとリュシカも含め、侍女たちは全員下がらせた。しかしまだ寝るのには早い時間だ。ベッドに入っても寝付けないだろう。そんなことを思いながらガウンを羽織り『竜騎士の詩《うた》』を開いた時、物音がした。

リティシアはどきりとして音の源を探す。夫婦の寝室へと通じる扉に目を向ければ、そこからレーナルトが顔をのぞかせていた。

「陛下……」

夜着しか着ていない姿を見られるのにも慣れたため、驚きはしても焦りはしなかった。

「一人にさせてしまって申し訳なかった」

「とんでもないです」

リティシアはそっと微笑《ほほえ》む。彼は優しい。こうしてリティシアの様子を気づかってくれる。だから幸せになれる──そう思わなければ。

「……そちらに入っても？」

「ええ、どうぞ」

二人きりになっても、レーナルトが無体な真似などしないのは旅の間にわかっていた。

今は彼が腕を回しても、リティシアの身体が強張《こわば》ることはない。そのままレーナルトの胸に身体をゆだねる。互いの鼓動がわかるほど近い距離にいても、高まっているのはリティシアの鼓動だけだ。それが二人の温度差を表しているようで、少し切ない。

一定の速度を保っているレーナルトの鼓動に耳を傾けながらリティシアは目を閉じる。もうしばらく、このままでいたい。こうしている間だけは彼を独占しているような気になれるから。

「しばらくはあなたと過ごす時間は取れないと思う。遠征に出ている間に国内でも問題が発生していてね」

頭の上からレーナルトの声が落ちてくる。

「……わたくしなら……大丈夫です」

そう口にするリティシアの声はかすれていた。

「いけないいな。自制心がなくなりそうだ」

笑い混じりにレーナルトは身を離す。

「……なくしても……構い……」

リティシアの言葉を、レーナルトは彼女の唇に指をあてて封《ふう》じた。そのまま、そっと輪郭に沿ってなぞってくる。触れられているのは唇なのに、リティシアの腰のあたりをぞくりとした感触が走り抜けた。

「今夜はここまでにしておこう」

リティシアに与えられたのは、触れ合わせるだけの軽い口づけだった。

「おやすみ、姫。よく眠れますように」

かけてくれる言葉は優しいのに——彼の心はここにはない。

「おやすみなさいませ、レーナルト様」

夫婦の寝室へと消えるレーナルトの背を見送りながら、リティシアは気づいていた。

これが孤独の始まりであることを。

＊　＊　＊

リティシアの新しく始まった生活はめまぐるしいものだった。

到着した翌日には仕立屋が呼びつけられ、式の衣装やその他侍女たちが必要と判断した服を仕立てることになった。生地を選び、採寸をしただけで一日が過ぎていった。

「あまり華やかなものは似合わないので——」

「清楚に見えるようにしてください」

地味に、と続けようとしたリティシアの言葉は、リーザによって言いかえられた。

「あまり目立つ――」

「華やかさを残しながらも気品は忘れないでください」

今度はタミナが注文をつける。二人にまかせておくのが正解なのだろう。リティシアは余計なことを言わないように口を閉じた。

「一生に一度のことでございますから」

ゲルダが横から口を挟んだ。

「こういう時は、どれだけ華やかなお衣装にしてもかまわないものなのですよ」

そう言われてしまえば、リティシアも同意せざるを得ない。

ローザニア王家の歴史を勉強し直し、国内の重要人物と面会、合間に式の打ち合わせ、とリティシアには休む暇はなかった。食事の時間以外は隙間なく予定がつめられている。そんな中、しばらく時間が取れないと言っていたレーナルトだったが、夜になれば必ずリティシアの顔を見にやってきた。

リティシアの心身を気づかい、一言二言声をかけ、頬か唇にキスをして戻る。真夜中近くまで政務に追われていると知っているから、リティシアもそれ以上は望まなかった。

忙しい中毎日様子をうかがいに来てくれるのが、彼の優しさだとわかっているから――それが誰にでも向けられる類《たぐい》の優しさであったとしても、急遽《きゅうきょ》他国から嫁《とつ》いできたリティシアの身にしみた。

＊　＊　＊

婚約披露の日、リティシアは朝から落ち着かなかった。

王宮に到着して十日。その間にも主立った大臣や有力貴族と面会する機会はあったが、それでも大勢の貴族たちの中の少人数でしかない。ほとんどの者とは初めて会うことになる。

何より、今夜の夜会には日頃神殿にいるレーナルトの弟、ウェルナーとその婚約者イーヴァも出席することになっている。そのことがリティシアの心を締めつける。レーナルトの想い人を見て、平常心を保てるだろうか。座ることなく部屋の中をぐるぐると回り続けるリティシアを、ゲルダとリュシカは必死になだめた。

「今夜、一番お美しいのはリティシア様ですよきっと！」

力強いリュシカの言葉もリティシアの気休めにはならない。自分が美しくないことなど、リティシアは知っている。リティシアは鏡をのぞきこむ。見返してくる顔は、いつもより血色が悪いような気がした。

「今夜は陛下とご一緒するのよね……」

隣に並んで見劣りしないだろうか——いや、見劣りするのはわかりきっているが、その差ができるだけ小さいものであってほしい。叶わないとわかっていても、リティシアは願わずにはいられなかった。

少し休むようにと、昼食後は強引にベッドへと寝かしつけられた。眠れるはずなんてないと思いながら横たわったはずなのに、気がついたら夕方だった。

「顔色もよくなられましたよ」

起こしに来たゲルダが言う。

「眠れないと思っていたのに」

「昼食のお飲み物にぐっすり眠ることのできるお茶をお出ししたのです」

納得する間もなく、ゲルダに浴室へ入るようにうながされる。肩から服を滑り落とすと、待ちかまえていたリュシカがリティシアを浴槽に押し込み、柔らかな布で肌を磨きあげる。

ガウンを羽織って、鏡の前に座ったリティシアの顔にリーザが化粧を施《ほどこ》していく。粉をはたかれ、目の周囲を縁取られる。唇に明るい色を載せて、頬に赤みを足せば完成だ。

その間に、タミナとリュシカは何度もタオルを変えて髪を拭《ぬぐ》っていた。乾かした髪をタミナが複雑な形に結い上げる。

大急ぎであつらえさせた深い緑色のドレスが、部屋の隅にかけられて出番を待ちかまえている。侍女たちの手を借りながらリティシアはその中に身体を押し込んだ。

スカートの裾はゆるやかに広がり、襟《えり》元と袖口には何重にもレースが飾られている。最後にゲルダがダイヤモンドの耳飾りをつけ、繊細な銀細工のティアラを載せる。首にも手首にもダイヤモンドが煌《きらめ》く。ローザニア王妃に伝わる宝石箱から取り出された品だ。

「この色をお召しになると、瞳が神秘的な色になりますね」

見立てたタミナを誉めるような口調でゲルダは言った。

「……そうならいいのだけれど」

リティシアはそっと立ち上がる。リーザの化粧の腕もあって、いつもより多少ましに見える。それでもレーナルトの隣に立てば見劣りしてしまうだろうが。

「姫。準備はいいかな？」

レーナルトが顔を出す。リティシアと同じ緑を使った上着に白のズボンを合わせ、礼装用の剣を吊っている。リティシアの手を取ったレーナルトは、優美な動作でリティシアの手に口づける。それから耳元で、侍女たちには聞こえないようにささやいた。

「今日もあなたは可愛らしいね」

その言葉にリティシアの頬が染まった。誉めてもらえるのは素直に嬉しい。彼にとっては、未来の妻を誉めなければならないという思いから出た言葉であるとしても――嬉しい。


夜会は盛況だった。華やかに着飾った貴族たちが広間を埋めつくしている。レーナルトはリティシアを連れて広間を動き回り、顔を合わせた者全てにリティシアを紹介して回った。

「なんとお美しい」

「ローザニアの新しい花ですね」

賞賛を浴びせられることには慣れていない。リーザに化粧をされた顔で笑みを作り、叩き込まれた優雅な動きを必死に繰り返すリティシアには、その賞賛が自分自身に向けられているという実感がなかった。

「兄上」

レーナルトよりさらに背の高い男性が近づいてくる。黒い長い髪に、黒一色の衣装を身にまとっていた。金と銀で刺繍《ししゅう》が施《ほどこ》されているからか、生地が黒くても地味という印象は受けない。その隣に一人の女性が寄りそっている。彼女を見たとたん、レーナルトの表情が変わったのにリティシアは気がついた。

「ウェルナー……、イーヴァ……」

絞り出すように発せられた声は切なかった。けれど、それは一瞬のこと。すぐに表情を変えて、リティシアを前へと押しやる。

「ファルティナのリティシア姫だ」

「初めまして、姫」

ウェルナーはリティシアの手を取り、完璧な礼をとって口づける。

「今度王妃様になられる方ですね」

イーヴァは微笑《ほほえ》む。鮮やかな黄色のドレスがよく似合っていた。結い上げた髪も瞳も、ウェルナー同様黒い。黄金が映える美しい肌の持ち主だった。

「どうぞよろしくお願いいたします」

リティシアは挨拶しながら気がついた。イーヴァと姉のヘルミーナはよく似ている。顔立ちではなく、雰囲気が。

「兄上。来年の誕生日からは、イーヴァへの贈り物は身につけるもの以外にしてほしいな」

彼女の腕につけた腕飾りを示しながら、ウェルナーは言う。

「考えておくよ。花にしようか絵にしようか今から、ね」

レーナルトはイーヴァの腕を軽く叩いた。それからリティシアの方をふり返る。

「そろそろ宴《うたげ》も終わりの時間だ。戻ろうか、姫」

「……はい」

王が退出しない限り、他の者たちは退出を許されない。レーナルトに腕を取られてリティシアは自室の前まで送り届けられた。

「あの……今日はもう……休みたいと思います」

リティシアはレーナルトを見上げた。

「そうだね。あなたも疲れただろう」

自室の扉を開けようとしたリティシアを、レーナルトは引き寄せる。

「あなたを妻に迎えることができて嬉しいと思う」

「そのお言葉だけで十分です」

額に柔らかく唇が落とされる。

彼が本当に抱きしめたいのは、リティシアではないのに。

それでもレーナルトの腕も唇も優しすぎて——それが嘘だったとしても、抜け出すことはできなかった。

イーヴァを見つめていたレーナルトの表情がリティシアの脳裏を横切った。あんな表情がリティシアに向けられることはないだろう。どれだけリティシアが望んでも。

＊　＊　＊

レーナルトは、リティシアの寝室から一部屋挟んだ自分の寝室に入った。待ちかまえていた侍従《じじゅう》が夜着を着せかけ、脱ぎ捨てた礼装を持って下がる。

——彼女はもう眠りについただろうか。

扉を二つ挟んだ向こう側にレーナルトは思いをはせる。

顔を合わせるたびに彼女への庇護《ひご》欲は強くなっていく。この国になじもうと彼女が必死に努力しているのがわかるから、なおさら。

それにしても、と彼は考え込んだ。別れ際の彼女はいつになく寂しそうに見えたが、気のせいだろうか。時間は取れなくても、毎日顔を見せることで不安を和《やわ》らげる努力はしてきたつもりだ。リティシアもそれをわかってくれていると信じている。

……愛することはできない。自分の心の中はイーヴァの占めている部分が大きすぎる。けれど、レーナルトはリティシアを慈《いつく》しんでいるつもりだし、それが彼女に伝わっていないはずはない。現に政務を抜け出して会いに行けば、いつだって穏やかな笑みで出迎えてくれる。

それなのに、彼女はなぜ不安をはらんだ瞳をしているのだろう。彼の努力が足りないのだろうか。

ベッドに腰を下ろしたレーナルトは、リティシアの微笑《ほほえ》みの陰に隠されたものを探り出そうとする。出会ってからの彼女の一つ一つの表情を記憶の箱から取り出して、頭の中で繰り返す――何度も、何度も。

最初に彼女を見たのは、姉の後ろでうつむいていた姿。彼が広間中探し回って、長椅子に座っていた彼女にダンスを申し込んだ時には、信じられないと瞳を潤ませた。初めて口づけた夜には、あまりの緊張に強張《こわば》っていたが、その表情も日を重ねるにつれて少しずつ柔らかくなっていった。自分と同じ名前の王女が登場する物語を、照れたように頬を染めながら語った顔も可愛らしかった。

だが、彼には見せてくれなかった笑みを、あの舞踏会の夜、テラスで話していた誰かには惜しみなくふりまいていた。あの華やかな笑顔は、あれから一度も見ることはできていない。

ようやくレーナルトは気がついた。リティシアの誕生日が旅の間に過ぎてしまっていたことを。弟の婚約者には贈り物をしておいて、自分の婚約者には何もないというのはあまりにもひどすぎる。きっとそれでリティシアが傷ついていたのだ。レーナルトは手を膝に打ちつける。

明日の朝まで待つなんてできない。一刻も早く彼女に謝らなければ。彼は自室を出ると宝物庫へと向かい、番人に命じて鍵を開けさせた。

リティシアには、王宮に到着した時に代々のローザニア王妃が身につけてきた宝石類を一式渡してある。けれど、リティシアがその箱の中身を身につけたのは婚約披露の今日だけだ。あまり大ぶりな品は好まないのかもしれない。何を贈れば彼女は喜ぶのだろう?

レーナルトは、宝物庫の中を行ったり来たりして、最終的に一つの棚の前に立ちどまる。銀細工で有名な都市から献上された品が並んでいる一角だ。リティシアの肌には銀が映える。見事な細工が施《ほどこ》された銀の装身具を一つ一つ取り上げては棚に戻す。

最終的に彼が選んだのは首飾りだった。本物ではないかと思うほど精巧に作られた薔薇が細い鎖でつながれている。リティシアの祖母――つまりマーリオの母親であり、前ファルティナ王妃であった女性――は、花を育てるのが好きだったと聞いた。彼女は優れた庭師を呼びよせては薔薇の品種改良に力を注いだという。ローザニアの庭園でもファルティナで作り出された品種が多数育てられているのだ。

繊細な細工は、リティシアの細い首を引き立てるだろう。祖母の愛した花は、リティシアにとって重要な意味を持つはずだ。きっとこれなら喜んでくれるだろう。

ドレスから夜着に着替えるのにも、化粧を落とすのにも時間がかかる。

おまけに夜会はどうだったのかと問いかけるリュシカにあれこれと話をしていたため、リティシアは寝室に入るのがすっかり遅くなってしまった。彼女がようやく寝室に入ってほっとした時、レーナルトが夫婦の寝室から続く扉を開いた。

「レーナルト様……あの、何か？」

「姫……申し訳なかった」

いきなりのレーナルトの謝罪に、リティシアはとまどいを隠すことはできなかった。

「なぜ、謝罪など……？」

「あなたの誕生日を忘れるつもりはなかったんだ……ただ、その、旅の間のことだったし……」

それ以上は口にするまい。忘却のかなたに沈み込んでいたのは事実だ。

「どう謝ったらいいのか……」

そう言いながら、宝物庫から探し出してきた箱をリティシアに手渡す。

「誕生日……」

箱を受け取ったリティシアは目を見開いた。

「……気にしてくださっていたのですか？」

思い返してみれば、ゲルダとリュシカからは「おめでとうございます」との言葉をもらっていたような気もする。

一つ年を重ねることにたいした意味を感じてはいなかったから、夫になる人からの贈り物がないことにも失望は感じていなかった。国の家族からは贈り物をもらっていたが、それが国を出る前だったので贈り物は荷物の中にしまいこんでいたというのもその理由かもしれない。

「わざわざありがとうございます。レーナルト様」

大切にします、とリティシアは心の中でつけ足す。きっと彼にはそこまで言う必要はない。彼も望んではいないはずだ。彼はリティシアの心など欲していないのだから。

「これで許してもらえるだろうか？」

「許すだなんて、そんな」

レーナルトは謝らなければならないようなことはしていない。これ以上何を言ったらいいのかわからなくて、リティシアは箱を開く。

「素敵……」

リティシアは箱の中を見つめた。

「それはエーヴハルトという都市で作られたものだ。献上品で申し訳ないが、あなたに似合うと思う」

「本当に、よろしいのですか？」

リティシアは箱を胸に抱きしめながらレーナルトに問いかける。品物よりも「似合うと思う」の言葉が嬉しかった。その言葉から、彼が宝物庫であれこれ見比べて選んでくれたことが伝わってくる。リティシアにはそれだけで十分だった。

「あなたが使ってくれるのなら、嬉しいと思う」

「……本当に……ありがとうございます……」

迷った末に、リティシアはレーナルトの胸に顔を埋める。今だけはそうしても許される気がした。


翌朝、レーナルトは侍従長《じじゅうちょう》のアルトゥスを呼んだ。彼はレーナルトの父の代から仕《つか》えていて、政務以外のことはたいてい彼に相談すれば的確な答えをもらうことができる。非常に重宝な男だ。

「贈り物がしたい。適当に見つくろってくれないか」

「念のためにおたずねしますが、お相手はどちらの方でしょうか？」

生真面目な顔でアルトゥスは問いかける。

「婚約者に決まっている。そうだな、一度に大量の品を贈るのではなく――何度かに分けて直接手渡したい」

彼が気づかっているのだとリティシアに感じさせることができればそれでいい。一度に大量に与えられてもリティシアも困ってしまうだろう。彼女はそういう性格だ。

「一般的な女性は、身を飾る宝石を喜ばれる方が多いのですが」

「それはそうだな」

今までの情人たちには、何度も宝石をねだられたものだ。度が過ぎなければねだられるままに与えてきた。だがリティシアは何もねだってこないものだから、どうしたらいいのかわからない。

「あの方は、装身具はあまり好まれませんようで」

さすがに長年侍従の職を務めた彼の目は、リティシアの好みを短期間の内に見抜いていたようだ。アルトゥスは思案顔になった。

「毎朝、陛下のお名前で庭園の花をお届けするように手配いたしましょう。御髪《おぐし》にリボンを編み込むのがお好きなようでいらっしゃいます。出入りの商人にリボンを注文いたします。わたくしの見立てでかまいませんか？」

「頼む。どうせ見てもよくわからないしな。費用は惜しむな」

「承知しております」

リティシアの故郷と同じようにローザニアの北側に位置する国、イシュティナからは花の香りのする香油を取りよせて。その隣国オリヴィエラはレースが有名だ。レースをあしらったハンカチなどいいかもしれない。侍女たちとよくお茶を飲んでいるようだから、エルディア産の茶葉も喜ばれるだろう。

次々にアルトゥスは、思い当たる品をあげていく。王宮に出入りしている城下町の有名菓子店の名前をあげて、今日にも菓子を届けさせようと口にする始末だ。

「万事まかせる。姫が気に入ってくれればそれでいい」

レーナルトの言葉にアルトゥスははりきって退室していった。


同じ頃、リティシアも自室で朝の支度にかかっていた。

「これに合うようなドレスにしてもらえるかしら？」

朝の身支度の前に、リティシアはレーナルトからもらった箱をゲルダに手渡した。箱を開いた彼女は驚いたような表情になる。

「昨日、陛下からいただいたの」

「それはようございました」

ゲルダから箱を手渡されたリュシカが箱を手に駆け出し、衣裳部屋を片付けているリーザにドレスの変更を告げる。

「今日……午後にでも陛下にお会いする時間は取れないかしら？」

薔薇色のドレスを身につけながら、リティシアはリーザにたずねた。レーナルトに贈り物を身につけているところを見てほしかった。さすがに夜まで待って寝室で見せるわけにもいかないだろう。

「かしこまりました。確認してまいります」

化粧と髪を結うのはタミナにまかせ、リーザはレーナルトの侍従《じじゅう》のもとへと向かう。やがて、政務の合間――午後のお茶の時間ならば、との返事をもらい、リティシアはほっとした。今日は会えないと言われれば、諦めるつもりでいたけれど。

今日は朝から予定が立て込んでいた。昨日の夜会で顔を合わせた者たちとの面会がいくつも入っている。それぞれの顔を覚えるのも王妃の大切な仕事だ。お茶の時間も貴族の女性たちと過ごすことになっていたのだが、そちらはタミナが予定をずらすことで調整してくれた。

ばたばたと朝から休むことなくいくつもの予定をこなし、ようやく約束の時間となる。執務室に向かう途中で、宰相《さいしょう》のアーネストとすれ違った。四十過ぎの神経質な印象を与える男だ。

白状してしまえば、リティシアはこの宰相が苦手だった。

彼は王妃への礼を十分につくしているのだが、本当のところレーナルトには小国の王女ではなく、自国の有力貴族の娘を娶《めと》らせたかったらしい。今もどこか距離を置かれているのにリティシアは気づいていた。

リティシアは、アーネストのことは頭から追い払って、指定された執務室の隣の部屋へと入った。

「お時間を取ってくださってありがとうございます」

レーナルトはリティシアの胸元に目をやる。昨夜レーナルトが贈った首飾りが華奢《きゃしゃ》な首の線を引き立てていた。

「さっそく使ってくれているのだね」

「昨日きちんとお礼を言えなかったので……ありがとうございました」

「そのためにわざわざ？」

「……ええ。おかしかったでしょうか」

「……いや。喜んでもらえて嬉しい」

レーナルトの表情が柔らかくなった。彼の側のテーブルには、茶道具一式が用意されている。

給仕に付いた侍女がティーポットに手をかけた。

「わたくしがいれましょう」

侍女の手からあたためられたティーポットを受け取り、リティシアは真剣な顔で茶葉をはかる。

お湯を注いで、蓋《ふた》をし、蒸らしてカップに注いだ。

「お砂糖は？」

「けっこうだ」

受け取ったカップをレーナルトは口へと運ぶ。一口含むと、芳香が広がった。

「これは……おいしいな」

「姉より上手にできるのが、これだけなんです」

リティシアは口元をほころばせた。

国にいた頃、午後のお茶の時間はリティシアがお茶をいれることが多かった。最初は姉とのままごとの延長だったのだ。まさか姫君が本当に台所に立つわけにもいかない。許されたのは、お茶の時間にお茶を自分でいれたり、ケーキを切り分けたりすることくらいだった。それが大人になるまでなんとなく続き、リティシアの役目になっていたのだ。

「姫」

カップをテーブルに戻して、レーナルトは口を開く。

「時々こうしてお茶を飲むことにしよう。あなたとゆっくり話す時間も取れそうだしね」

レーナルトはちょうど、夜に寝室で顔を合わせるだけでは物足りないと思い始めていたところだった。この時間は一人で過ごすことにしていたが、リティシアならばいても邪魔にはならなそうだ。

「よろしいのですか？」

それを聞いてリティシアはさらに笑みを深める。彼女は急に時間を取らせたことを申し訳ないとは思っていたが、これからこんな時間を過ごせることを嬉しく思った。

＊＊＊

結婚式の日の空は、明るく晴れわたっていた。早朝から王宮の周囲に集まった人たちが喜び騒いでいる声が、リティシアの部屋まで聞こえてくる。

「晴れてよかったですね、リティシア様」

寝室のカーテンを開け放ったリュシカが微笑《ほほえ》みかけた。

昨夜はあまり眠れなかった。リティシアは額に手をやる。昨日はレーナルトと一緒に午後のお茶を飲んだし、夜もレーナルトが寝室にやってきていたわってくれたけれど、緊張は一向にほぐれなかったのだ。うとうととしては、儀式の最中に失敗する夢を見て飛び起きることを繰り返していた。ゲルダが勧めてくれた眠りやすくなるお茶を断らなければよかったと後悔してももう遅い。

「顔色が悪いような気がするのだけれど」

ちらりと鏡を見て、リティシアはつぶやく。青白い顔の中で、不安げな灰色の瞳だけが目立っていた。こんな顔で彼の隣に立つわけにはいかない。

「化粧でごまかしましょう。わたくしがなんとかいたします」

リーザとタミナにまかせておけば、どうにかしてくれるのはこのひと月の間にわかっていた。

夜着のままごく軽い朝食を済ませ、浴室へと追い立てられた。婚約披露の時と同じようにリュシカが身体を磨きあげてくれる。

リーザの腕は完璧だった。化粧が終わる頃には、花嫁らしく華やかに彩られたリティシアが鏡の中に姿を現す。

髪は丁寧に結い上げられ、いくつもの真珠が編み込まれる。ドレスは白一色だった。ふんだんにフリルとレースがあしらわれ、真珠をところどころに縫いこんだ精緻《せいち》な刺繍《ししゅう》が施《ほどこ》されている。リティシアの胸の貧弱さを目立たなくさせるため、胸元は特に多くのフリルで華やかに飾られていた。幾重も布を重ねたスカートの裾は、足を踏み出すたびに優雅に揺れ動く。

仮縫いの時も思ったのだが、着てみるとずっしりと重かった。夕方までこれを身につけるというのは、かなりの苦行になりそうだ。

結い上げられた髪の上にティアラが飾られ、ベールがとめられた。ダイヤモンドが耳にも首にも煌《きら》めいて、時折まばゆいばかりの光を放つ。細身の靴に足を押し込んでリティシアは立ち上がった。

「お綺麗ですよ、リティシア様」

「ありがとう」

ゲルダの言葉も、今日は素直に受け取めることができた。リュシカは手を叩いて誉めそやし、リーザとタミナも控えめながら賞賛の言葉をかけてくれる。

花嫁衣装は、着た者を特別に見せる効果を持っているのかもしれない。

一歩、踏み出してみる。

ふわりと揺れるスカートの裾が、気分を引き立ててくれるようだった。


レーナルトとは、神殿で会うまで別行動だ。一人、箱型の馬車に乗り込む。リティシアは手袋に包まれた手を胸に押しあてた。

失敗しませんように、失敗しませんように。何度も繰り返す。失敗すれば、リティシアだけでなくレーナルトの恥にもなってしまう。

馬車の窓越しに、喜びの声が響いてくる。式が終わるまで外は見ないようにと言われていたから、リティシアは窓を開けることはしなかった。

かたかたと揺れる馬車に身をまかせていると、自分の国を出た時のことを思い出す。レーナルトに選んでもらえたのは嬉しかったものの、本当にやっていけるのかととまどっていた。国内の貴族に嫁《とつ》ぐとばかり思っていたから、他国で生きていくことに不安を覚えてもいた。

不安を解消してくれたのはレーナルトだ。わざわざ侍女たちに別の馬車を用意してくれて、自らはリティシアの馬車に乗り込み、ローザニアの話をあれこれとしてくれた。

ローザニアに入ってからも、忙しい政務の合間に時間を取ってくれた。政略結婚の相手にそこまでする必要はないのに。大丈夫。彼を信じてついていけばいい。愛されることはなくても、信頼し合うことはできるはずだ。

馬車が神殿へと到着する。リティシアはベールを顔の前に下げて表情を隠した。

式に参加したのは、ごく限られた人数だった。式を執《と》り行うウェルナーは、黒と銀を基調にした神官の正装を身につけていた。他に数名の神官が儀式に参加している。レーナルトはウェルナーとは対照的に白と金の礼装をまとい堂々としていて、ローザニアの太陽そのものだった。ベールの陰で、リティシアは目を細める。

彼が夫になる人。彼にふさわしい妻にならなくては。リティシアは震える足を叱咤《しった》して、レーナルトの前に進み出た。近づくと、彼が少し驚いたような表情をしているのがわかった。どこかおかしいだろうか。まだ儀式は始まっていないのに、もう何か間違えたのだろうか。一瞬にしてリティシアの背中に冷たい汗が流れ落ちる。

「……陛下。花嫁に見とれるのはけっこうですが、前を向いてください」

冗談めかした口調でウェルナーは言う。見とれるなんてことはないだろう。思わず浮かんだ苦笑がベールで隠れていることに安堵《あんど》しながら、リティシアはレーナルトに並んで立った。

転ばないようにと足元を見つめていた顔を上げれば、正面にウェルナーの姿があった。彼の後ろには頭に花冠を載せた女神アイライシャの白い石像が両手を広げている。

リティシアは呼吸を整えようと唾《つば》を呑み込んだ。二人の前に立つウェルナーが、リティシアには解《かい》することのできない言葉で聖句を唱え始めた。

自分が緊張しているのを否が応にも自覚させられる。視界が極端に狭くなって、ウェルナーの神官の正装、中でもその裾に銀糸で刺繍《ししゅう》されている鳥の姿ばかりが目につく。

やがて聖句を唱え終えたウェルナーは、香りのよい木の枝と花の束でレーナルトの肩、ついでリティシアの肩に触れる。

水をたっぷり張った水盤《すいばん》を手に巫女《みこ》が静々と歩み寄ってくる。リティシアはとっさにその巫女の顔に視線を走らせた。

彼女がイーヴァではなかったことに安堵する。式の当日にまで想い人を見て切なそうな顔をするレーナルトは見たくなかったから。そしてその後すぐにそんな風に思った自分を恥じた。夫となる人にリティシアは何も期待すべきではない。

そんなリティシアにはかまわずウェルナーは、二人の肩を叩いた木の枝と花の束から赤い色の花を抜き出して水盤に投げ入れていた。しばらくの間その花を見つめている。

「陛下の御世《みよ》は末永く豊かに続くことでしょう——夫婦となった二人に祝福を」

顔を上げた彼がそう告げると、レーナルトはリティシアの顔を覆うベールを持ち上げた。ウェルナーは花を投げ入れた水盤の水で指を濡らし、順番に二人の唇に指をあてる。夫婦となった二人がかすめるだけの口づけを終えると、儀式は終了だった。

滞《とどこお》りなく婚姻《こんいん》の儀を終えた後、神殿の前に立ち、集まった国民に手をふる。

「今日は一段と可愛らしいね」

耳に口を寄せたレーナルトはそうささやくと、そのままリティシアの頬に唇を押しあてる。歓声がいっそう高くなった。

「そう……だといいのですけれど……」

ここでうつむくわけにはいかない。リティシアは笑顔を作って、レーナルトに負けじと手をふる。少なくとも、国民はリティシアを歓迎してくれている。彼らの期待を裏切らない王妃になろうと、リティシアは固く心に誓ったのだった。

王宮へ戻るのも一苦労だった。屋根のない馬車に乗り込んだ二人に、四方八方から花が投げつけられる。中には馬車の前に飛び出してくる者もいて、なかなか進むことができなかった。その間、リティシアは笑顔を消すことを許されない。声をかけられるたびにその方向に向かって手をふる。

「大丈夫。皆、あなたを歓迎してくれているのだから」

ふっていない方の手を、レーナルトの手が探り当てる。こっそりと指が絡められた。

二人揃って王宮へ戻れば、今度は宴《うたげ》の席が用意されている。さすがにベールは外したものの、花嫁衣装を脱ぐわけにもいかない。真珠なんか縫いつけるんじゃなかった。リティシアは何度心の中で繰り返したことか。

国内最高位であるレーナルトと、その妻となったリティシアは座ったまま貴族たちの挨拶を受けていたのだが、それでもリティシアの肩にはずっしりとドレスや装飾品の重さがのしかかる。それは王妃の責務の重さのようにも感じられたけれど、早く脱ぎ捨ててしまいたいと思ったのも事実だった。

「……結婚式がこんなに大変なものだとは思っていなかったわ……」

ようやく部屋へと戻り、夜着へと着替えながらリティシアはぼやく。

テーブルには大量のご馳走が載せられてはいたのだが、花嫁がそうそう食べるわけにもいかない。ひたすら我慢して、笑みを顔に張りつけていたのだ。我ながらよくやったと思う。延々と向けられる祝福に感謝の言葉を返し続けることより、空腹の方がリティシアにはこたえた。

「お夜食を召し上がりますか」

「お願い」

タミナがテーブルの上に厨房《ちゅうぼう》から運ばれてきた料理を並べる。

「いよいよ名実ともに王妃様になられるのですね」

ゲルダの言葉が、念願の食事に手を伸ばしかけていたリティシアの動きをとめた。

そうだ、まだ結婚の日は終わってはいない。初めての夜をうまく乗りきることができるだろうか。

そんな考えが浮かんだとたん、食欲もどこかへと消えうせていた。

＊　＊　＊

ついにこの時が来てしまった。かろうじて果物だけは口にしたが、それ以外は喉《のど》を通らなかった。夫婦の寝室の扉の前でリティシアは立ちすくむ。

初めての時は痛いものらしいが、世の中の既婚女性が皆経験していることなのだから、耐えられないということはないはず。問題は……と考えたところで彼女の頬が熱くなる。そう、問題は声を出さずにじっとしていられるかどうか、なのだ。

キスしながら背中に指を這わされただけで、自分のものとは思えない甘ったるい声が出て背中が自然としなってしまう。それは今日までに嫌というほど思い知らされていた。

行為の最中に声をあげるのは慎《つつし》みのないことだし、じっとしていなければよい子が産めなくなるのだと乳母は言っていた。世継ぎをもうけるのも王妃の大切な仕事なのだから、よい子を産むために最大限の努力をすべきなのだろう。

「リティシア様。陛下がお待ちですよ」

ゲルダがリティシアの背をそっと押す。もう後戻りはできない。リティシアは思いきって扉を開いた。

レーナルトはまだ来ていなかった。立っていればいいのか、座っていればいいのかもわからない。きょろきょろと見回してから、そっとベッドの端に腰を下ろす。手に触れるベッドカバーの感触はつるりと滑らかだった。

リティシアが入ってきたのとは反対側の扉が開く。立ち上がって出迎えなければ、と思うのに身体が動かなかった。

入ってきた夜着姿のレーナルトに見つめられ、リティシアの手は落ち着かなく夜着を握りしめる。

「待たせてしまったかな？」

ゆったりとした歩みで彼が近づいてくる。

「……いえ……」

リティシアの喉はようやくそれだけを絞り出す。伝えたい想いはたくさんあるのに、一つも言葉が出てこない。その一方で、リティシアは彼から目を離すことができなかった。美しい人は何を着ても似合うものらしい。

そんなことを考えているうちに、いつの間にかレーナルトがリティシアの目の前までやってきていた。

「姫……わたしの顔に何かついているだろうか？」

真面目な顔でレーナルトは問う。それから用心深くリティシアの隣に座った。

顔には何もついていない、と。名前で呼んでほしい、と。どちらを先に口にしたらいいのだろう。答えにつまっているうちに、レーナルトの腕が身体に回される。

「やっとこの日がきた……」

レーナルトはリティシアを抱きしめてささやいた。身体が言うことを聞かず、ただ震え出すのをリティシアは感じていた。

本当に長かった、とレーナルトは思う。

彼女に会えるのはたいてい夜。その時は既に彼女は寝室に入っていて、夜着の上からガウンを羽織っているだけという姿でいるのが大半だった。そっと口づければ、甘い吐息をこぼして彼に体重を預けてくる。彼女にレーナルトを煽《あお》るつもりなどまったくなかっただろう。それでも頬を染めた可憐《かれん》な表情も、長い睫《まつげ》の陰からそっと彼を見つめる瞳の色も、彼を十二分に駆り立てた。どうでもいい相手なら、さっさとベッドに押し倒していた。ここは寝室で、何歩か歩けばベッドに到達するのだし。

けれどそれをしなかったのは、リティシアを大切に扱いたかったからだ。彼女を選んだ時に庇護《ひご》すると決めた。愛することはできない代わりに——絶対に傷つけるような真似はすまいと誓ったから——だから今日まで待った。彼女が彼を信頼して身をまかせてくれるようになるまで。

「……不安？」

レーナルトの言葉に、リティシアは首を縦にふる。大きな灰色の瞳が、泣き出しそうに潤んでいる。頬に手をそえてやると、瞳は睫の陰に姿を消した。

「大丈夫。わたしにまかせて、あなたはじっとしていればいい」

レーナルトの手が肩にこぼれている彼女の髪をそっと背中へ払い落とす。背中に回されていない方の手でリティシアの顔を仰向け、人差し指で下唇をなぞった。

「――怖がらないで」

その声は、リティシアの耳には夢の中のもののようにぼんやりと聞こえた。指が離されたかと思うと、探るように数回口づけられた。角度を変えながら与えられる口づけに、うながされるまでもなくリティシアは唇を開く。彼に教えられたように。

入ってきた舌は、いつもより温度が高いように感じられた。レーナルトの舌に応《こた》えながら、リティシアは彼の夜着を握りしめる。

背中を指が這い始めたとたん、声がこぼれた。我慢しなければとリティシアは、そこだけに意識を集中しようとする。意図せずに背中がそった。

ここまでは今までも経験していた。我慢しきれず声がこぼれてしまうのもいつものこと。そのままベッドに押し倒される。口づけから解放され、リティシアは顔を横にそむけた。

「……レーナルト……様……」

リティシアは小さく彼を呼んだ。髪を優しく撫でられて、身体の力を抜こうとするが、うまくいかない。自分がどうなるのかわからなくて怖かった。それを彼に伝える手段も知らない。だからリティシアは、彼の夜着を握りしめた手にいっそう力をこめる。

レーナルトはリティシアの首と肩の境目あたりに唇を落とした。初めて彼女を見た夜に、一人夢想したように。

「あっ！」

そんなところに口づけられるとはまったく思っていなかったリティシアは、狼狽《ろうばい》した声をあげ、肩をぴくりと動かした。

急がないから。怖がらないで。

そう言いたげなレーナルトの手が、胸に載せられた。リティシアは息を乱す。載せられているだけなのに、そこから快感のさざ波が全身に広がっていくようだった。

首筋にレーナルトの唇が落ちてきて、そのまま小刻みに舌が動き始める。リティシアは足をばたつかせた。

こんなの聞いていない。こんな風になるものなのだと誰も教えてくれなかった。こんなに感じるのに声を出すなただの動くなだのと、無理な要求だ。できないとわかっていながら、両手をあててレーナルトの胸を押し返そうとする。その手はあっけなくシーツの上に払い落とされた。

「――そんな風にしないで。――わたしを受け入れて――？」

胸に載せられていたレーナルトの手が動き始めた。

「……いやっ……いやぁ……」

柔らかく胸全体を揉みしだかれ、リティシアは声をあげた。

「……怖がらないで」

レーナルトはじりじりと指を動かして、硬くなっている場所を探し始める。薄い生地越しに硬くなった先端をとらえられ、そのまま指で尖《とが》った蕾《つぼみ》を転がされた。布越しのじれったい愛撫が、慣れないリティシアには的確すぎて、悲鳴とともに背中がひときわ大きくしなる。リティシアは思わず身体を捩《よじ》るとレーナルトの腕から抜け出して、床へと転がり落ちるように下りた。

頭より先に腰が床についた。痛みはそれほどでもない。力の入らない腕を呪いながら、なんとか身体を起こす。

「……それほど嫌なら今夜はやめておこうか」

レーナルトが複雑な表情でリティシアに手を伸ばした。

「嫌なわけでは……」

リティシアはうつむいてしまう。彼に非はない。悪いのはこらえられないリティシアだ。

「……本当に？」

リティシアはうなずく。

「おいで」

伸ばされた手につかまって、リティシアはベッドの上に戻る。レーナルトはベッドカバーをまくり、リティシアを誘《いざな》った。

「……レーナルト様」

リティシアは、レーナルトの髪に指を差し込んだ。自分の髪もこんな色だったらよかったのに。

明かりを落とした寝室でも、彼の髪は輝いていた。

少しだけでいい。美しくなりたいとリティシアは願った。せめてこの人を失望させない程度に。

レーナルトがもう一度口づけながら、リティシアの夜着の紐《ひも》を解いていく。貧弱な身体を見られたくないと、はがされた夜着を引き戻そうとするリティシアの手は、シーツの上に縫いとめられた。

「見えていないから、大丈夫」

そう言いながらレーナルトは手を離し、ベッドカバーの中に潜る。解放された手をどうしたらいいのかわからなくて、リティシアは下に敷かれたシーツを握りしめた。

レーナルトは鎖骨に沿って舌を這わせた。リティシアの身体は快感の受け入れ方をまだ知らず、彼が触れるたびにびくびくと反応した。

存分に鎖骨を堪能してから、レーナルトの唇はキスしながら下の方へとおりていく。胸全体にキスの雨を降らせ、震える先端をレーナルトの舌が弾いた。そうされると、リティシアの胸はせわしなく上下してしまう。身体の芯が疼《うず》く。これからどうなってしまうのだろう。

自分を温かく濡らす感触とそれが送ってくるやんわりとした快感に、リティシアは唇をきつく結ぶ。しかしどれだけ口を結んでも、眉の寄った表情は明らかに快楽に耐えている時のもの。そのことに彼女は気がついていない。

シーツをつかんでいてもなお手のひらに爪が食い込む。さらにリティシアは下唇を思いきり噛んでレーナルトのくれる快感をやり過ごそうとした。

レーナルトの手がさらに下の方へと伸ばされ、下着がずらされる。

「姫、もう少し脚を開いて」

ふるふると首をふって、リティシアはそれを拒《こば》む。そんなこと、できるはずがない。けれどレーナルトは許さなかった。

「――開いて。もう少しでかまわないから」

両手が腿《もも》に触れたと思ったら、押し開くように力をこめられた。観念したリティシアは抵抗をやめ、おずおずと従う。まだ緊張の残る脚の間にレーナルトは手を差し入れた。

その場所は十分に潤っていた。満足しながら、レーナルトは指を柔らかなひだの間に滑り込ませる。軽く入り口をひっかくようにしてやると、

「やめてくださ……」

と、リティシアは泣き出しそうな声をあげた。

やめろと言ってもレーナルトにやめる様子はない。中指が沈み込んだ。リティシアは唇を震わせた。身体に異物が入ってくる感触は、彼女の知らないもの。思わず腰が引けそうになるのを懸命にこらえる。夫の広い胸にリティシアはしがみついた。

ゆっくりと指を抜き差ししながら、レーナルトは快楽の核を親指で探す。彼の親指が、中心点を押さえるとリティシアは声をこらえることができなくなった。

何度も何度も背中をそらせ、激しく首をふって快感を身体から追い出そうとする――こんなところで声をあげるわけにはいかない。

いつの間にか、中でうごめく指が二本に増やされているのにも彼女は気がついていなかった。彼の親指が触れた箇所から生まれた鋭い刺激が身体中を走り抜け、一気にリティシアを追い上げる。

「……陛下……！」

声を出してはいけないなどということは、頭から抜け落ちていた。思いきり声をあげながら、リティシアは脚を伸ばす。生まれて初めて彼女は昇りつめた。自分の身体に起こった変化に頭がつい

ていかなくて呆然とレーナルトを見上げる。

慌ただしくレーナルトはリティシアを包む最後の一枚を剥《は》ぎ取り、自分の夜着も脱ぎ捨てた。昂《たか》ぶった自身をリティシアにあてがう。

破瓜《はか》の時はリティシアが想像していたより、はるかに痛かった。レーナルトが腰を進めるたびに身体が引き裂かれそうな痛みが走る。ベッドの頭の方へずり上がって逃げようとする彼女の腰をつかんで、レーナルトはなおも前進を続ける。

「……待って……待ってくださ……あっ！」

これ以上は耐えられない。そう思った時、

「……一つになったよ、姫」

と、わずかに息を乱したレーナルトの声がした。

何と返していいかわからないから、リティシアはただ首を縦に動かした。切なそうに見上げた瞳には、彼しか映っていない。

リティシアの髪を撫で、様子を気づかいながらレーナルトが動き始めた。

「い……いたっ……」

痛いなんて言うわけにはいかない。声を出さず、じっとしていなければならないのだから。口を塞《ふさ》ごうとしたリティシアの手に、レーナルトの指が絡む。

リティシアの瞳に涙が滲《にじ》んだ。

彼と一つになれたのは嬉しい。けれど、彼の心が他の人に向いているのは悲しい。

そして何より痛い。

レーナルトがリティシアの目元にキスをして、滲んだ涙を舐め取る。

「なるべく早く終わるようにするから、ね」

目を閉じて、リティシアは彼から与えられる揺れに身をまかせる。絡めた指が離れることはなかった。

どれほど揺さぶられ続けたのかはわからない。やがてレーナルトが低い声をあげて、リティシアから離れた。

「……姫」

ぐったりとしたリティシアの頬をレーナルトは両手で挟み込んだ。顔をのぞきこまれる気配にリティシアは薄く目を開く。

「つらかった？」

「……大丈夫……です……」

リティシアはそう返す。

痛かったけれど、彼に抱かれるのは嫌ではない。リティシアにできるのは、一刻も早く世継ぎをもうけて、彼にふさわしい妃《きさき》になることだけ。一度受け入れることができたのなら、今後の心配はしなくて大丈夫だろう。

痛む身体を無理やり動かして用意されている新しい夜着を探す。このまま眠るわけにはいかない。倒れこみそうになるのを堪《こら》えながら手を伸ばしていると、レーナルトが先に夜着をとりそっと肩に着せかけてくれた。繊細な紐《ひも》を夫の優しい手が結んでくれる。

最初の夜を乗り越えられたことに安堵《あんど》して、リティシアは眠りに落ちた。


レーナルトは眠るリティシアの顔を見つめた。

無理をさせていなければいい――あれほど拒《こば》まれるなど思ってもみなかった。確かに身体は反応しているのに、それを認めまいとするかのように声を堪《こら》えていたのには気づいていた。彼の身体を押し戻そうとしていたことにも。

もっとゆっくり彼女に触れたかったのに、それほど嫌がられるならばと、強引に追い上げてつながってしまった。

他に好きな相手でもいたのだろうか。恋をしたことはないとリティシアは言っていたが、未来の夫相手に想う相手がいるなどと口にすることはできないだろう。

かわいそうに。

そんな言葉がレーナルトの心に浮かぶ。旅の途中、最初に彼女と二人きりになった夜、気の毒になるほど震えていた。あんなに内気では、たとえ想い人がいたところで気持ちを告げることなどできなかっただろう。

それにつられるように、初めて顔を合わせた夜会でのことを思い出した。テラスで中庭にいた誰かと話していたリティシア。彼の呼びかけに応じてふり返った彼女に残っていた笑顔を今でも覚えている。それが一瞬にして消えてしまったのが残念だった。

もし、想いも告げられぬまま国に想い人を残して嫁《とつ》いできたのなら——レーナルトに抱かれるのはさぞ苦痛だったことだろう。

結婚前に何人も情人を持ってはいたが、王の愛人となったことで増長することがないようにと、慎重に選んできた相手ばかりだった。彼の与える金銭や宝飾品、あるいはひと時の快楽で満足する女性を。

どう見てもリティシアはそういった女性たちとは異なっていて——愛してもいないレーナルトを受け入れているのは、きっと王族としての義務感からでしかない。

ちり、と何かが彼の胸を焦がした。リティシアには他の男のことを考えてほしくない。自分の妻になったのだから。

勝手なものだ。レーナルトの顔を自嘲《じちょう》の笑みが横切った。愛してもいない相手に自分だけを見てほしいと望むなんて。リティシアの睫《まつげ》にたまった涙をそっと拭《ぬぐ》ってやる。

「姫」

呼びかけてみても返事はない。

「——泣かないで——」

愛することはできないけれど——一生あなたを守るから。だから、どうか泣かないで。

彼の声は、リティシアには届いていなかった。

翌朝リティシアが目を覚ました時、彼女はレーナルトの腕の中にいた。顔を上げれば、こちらを見つめている彼と目が合う。

「……おはようございます……」

「おはよう」

壊れ物を扱うような慎重な手つきで髪を撫でられる。

「……あの」

夜着一枚で彼の腕の中にいたことに気がついて、リティシアは赤面する。昨夜、彼が夜着を着せかけてくれたのはなんとなく覚えていた。

「ああ、あなたはそのまま」

ベッドから抜け出したレーナルトは、起き上がろうとしたリティシアを制する。

「もうすぐ侍女たちが来るだろう」

それから、リティシアの額に唇をあてる。夫婦になった翌朝にふさわしい、優しい仕草だった。

「午後の休憩時間に会おう」

「お茶の時間ですか？」

「そうだ。タミナに予定は組ませてある……今日は夕食も一緒にとることにしよう」

今日が二人の始まりの日だから、忙しい中でも時間を取ってくれた。そのことに胸が暖かくなる。

「……ありがとうございます」

笑顔を返して部屋を出ていくレーナルトをリティシアは見送った。

＊＊＊

朝の身支度はできるだけ簡単にしているつもりなのだが、それでも何かと時間がかかる。特に面会の予定が入っている時はなおさらだ。貴族たちと交流をはかるのもリティシアに与えられた仕事の一つで、王宮に入ってからというもの、ほぼ毎日誰かが客間を訪れていた。

リティシアは頭の中で今日の面会予定者を思い浮かべる。

「待って……陛下からいただいた首飾りに変えてくれる？」

鏡を見ながら、リティシアは装身具の変更をリーザに告げた。

「かしこまりました」

何を着るべきか、装飾品は何を合わせるべきか。リーザかタミナに相談すれば間違いない。今のリティシアの言葉を承知したということは、おかしいというわけではないのだろう。

今日最初の面会予定者は、夫の想い人だ。

彼女を待つ間、リティシアは落ち着きなく夫の贈り物に指を走らせていた。彼女と対峙《たいじ》して毅然《きぜん》とふるまう自信など持ち合わせていなかった。せめて、彼女の前で無様なことをしでかしませんように。祈りながらもう一度夫の贈り物に指で触れる。

やがて、ゲルダが客人の到来を告げた。

「ご結婚おめでとうございます」

イーヴァは今日も華やかだった。青と白のドレスがよく似合っている。

席に着くなり、結婚の祝いだと言って豪勢な宝飾品の数々をリティシアに差し出す。大国の王妃への贈り物としてふさわしいものを選んだのだろう。リティシアは丁寧な礼を返してそれを受け取った。受け取りながらも、自分には派手すぎるから身につけることはないだろうとこっそり思う。

「昨日はいらしていなかったのですね」

そうリティシアは言った。儀式の場にもいなかったし、宴《うたげ》の席でも姿を見なかった。王の弟であるウェルナーも、儀式を執《と》り行った後の宴には参加していなかった。

「いろいろと問題があるものですから」

そう言ってイーヴァは笑った。それから、

「王妃様はご存じないのですね？」

と確認してから事情を説明してくれる。

聞けばイーヴァは王妃を何人も輩出《はいしゅつ》しているような名門貴族の娘だった。幼い頃からレーナルト、ウェルナーとは親しくしていた。周囲もいずれどちらかに嫁《とつ》ぐものと考えていたという。もっとも、当時の兄弟は母親同士の確執もあり、公《おおやけ》の席以外で顔を合わせることはほとんどなかった。

レーナルトとイーヴァ、ウェルナーとイーヴァ。いずれの組み合わせになるかは、貴族たちにとっては重要な問題だった。生まれ順に関係なく、彼女が嫁いだ方が王位を継ぐことになるのでは——。そう思われるほど彼女の父親は王家に多大な影響力を持つ大貴族だったからだ。

ところが、あいついでイーヴァの両親が他界するとその風潮は変わった。貴族たちからしてみれば、有力な後見人のいない娘を王妃の座につけるわけにはいかない。イーヴァは成人までの間、神殿で巫女《みこ》として務めることになった。

行儀見習いのために、神殿で生活することを選ぶ貴族の子女は多い。巫女として務めていたという経歴は、この国においては一種の箔《はく》ともなる。

イーヴァが神殿に身を寄せて何年かした頃、ウェルナーもまた神官になることを決意して、神殿の門を叩いた。レーナルトではなく、ウェルナーを王に、という動きが活発化したからだ。

その頃にはレーナルトの母親は死亡し、ウェルナーの母が王妃となっていた。レーナルトの母よりウェルナーの母の方が王の寵愛《ちょうあい》を受けていたのは周知の事実だし、ウェルナーを後継者とすることに賛同すれば王妃に取り入るいい機会となる。ウェルナー自身にも王になるための資質がなかったわけではない。ウェルナーにしてみれば、彼を担ぎ出そうとする勢力に対し、王位につくつもりはないと宣言するのには神官になるのが一番早かったのだ。

だから、ウェルナーは今でも公の場に姿を現すことは少ない。王との間に亀裂《きれつ》を生むような事態は避けたいからだ。彼と結婚するイーヴァもそれに従うつもりなのだという。

ウェルナーは神官を続けるが、イーヴァは神殿からは身を引くことに決めたらしい。巫女としての生活と、家庭の両立はなかなか難しいのだ。

もう還俗《げんぞく》の手続きを取り始めていることもあり、昨日は別の巫女が儀式に参加したのだという。王の求婚を断ることもできず、逃げ出すという手段を取った彼女が儀式に参加していたならば、眉をひそめる者も多かっただろう。

「ひっそり生きていくこと……それだけがわたしたちの望みですから」

笑ったイーヴァの顔を見て、リティシアはかなわないと思う。レーナルトの想い人が彼女であること、彼女に求婚したが断られたということはレーナルト本人が教えてくれた。

それに加え、それを受け入れられなかった彼女が身を隠したことや、ウェルナーが見つけ出したこと、二人の仲を知ったレーナルトが必死に探し回って連れ戻したということもリティシアは全部知っていた。その時には彼は求婚を諦めていたことも。リティシアのところにだって宮中の噂《うわさ》話くらい届いている。

いざという時、リティシアにはできるのだろうか。自分の育った環境から抜け出して、一人で生きていく決意をすることが。

自分がとても小さな人間のような気がした。

＊＊＊

約束の時間には、レーナルトは執務室の隣でリティシアを待っていた。

「今日もつけてくれているのだね」

そう言うなり彼はリティシアの腰を引き寄せ、鎖骨のすぐ上に口づけを落とした。

「きゃあ！」

その悲鳴におかしそうな表情をすると、今度は軽く唇を合わせてくる。

「……侍女たちが……見ています……」

赤くなったリティシアの耳を軽くつまんで、レーナルトは笑う。

「彼女たちなら気にしないさ」

気にするのはリティシアなのだが、レーナルトはかまわないらしい。そっと周囲の様子をうかがうと、そばにいた侍女たちは気まずそうに視線をそらしていた。

世の中の夫婦はこんなものなのだろうか？　両親がこんなことをしているところは見たことがないのだけれど。


「……お話、聞きました。大変だったのですね」

お茶のテーブルを挟んでリティシアは、イーヴァのことを口にする。

「ん？　……ああ」

レーナルトは気のなさそうな返事をする。彼の声音から、リティシアはそれが演技であることを見抜いてしまった。

――やはりリティシアではダメなのだ。正式な夫婦になっても、まだ彼は他の女性のことを考えている。

リティシアにはそんな想いを抱くことは許されていないのに、胸が痛む。彼に見つめられているのに気がつかないまま、リティシアは膝に置いた手に視線を落とした。

「終わったことだよ、姫」

彼女の言いたいことを察したのか、レーナルトはそうリティシアに告げた。

「終わった話より、今後のことを話そうか？」

「今後のこと、ですか」

「そう。たとえば次はいつ一緒にお茶を飲もうか……とかね」

「……はい」

リティシアはティーポットを取り上げると、二人分のカップに注いだ。


彼が何かと気を使ってくれたからか、レーナルトとの夕食はくつろいだものだった。

彼の居間に入るのは初めてだった。適度に片づけられているが、ところどころに雑然とした一角があり、どこか家庭的な雰囲気を感じさせた。レーナルトの飾らない人柄が滲《にじ》んでいるようで、リティシアには好ましく思えた。

食事を終えて、レーナルトは傍らの長椅子に身を移す。それからリティシアを手招きした。

「姫……こちらに」

「どこ、でしょうか？」

「ここ」

膝を叩かれて、リティシアは困惑する。レーナルトの前で両手を組み合わせてもじもじしていると、強引に腕をつかまれた。そのまま彼の膝の上に横座りさせられる。

「あの……陛下……」

リティシアはテーブルに目をやる。そこには食事後の食器がまだ残っていた。

「あの、お食事の片づけも、まだ」

「あなたが片づけるわけではないだろう？」

「そうではなくて、片づけに来た人が」

侍従《じじゅう》が片づけてくれることくらいリティシアも知っている。そうではなくて、片づけに来た人にこの現場を見られることが問題だと言っているのだが、夫には伝わっていないらしい。

「……レーナルト様？」

リティシアはさらに困惑する。彼女を膝に載せたとたん、レーナルトの指は不穏な動きを始めていた。彼女の背中や脇腹を彼の指が這い回る。

「……困ります……」

触れられたところからじんわりとした感覚が伝わり、それが腰のあたりにたまって熱を帯びる。

「やはり」

レーナルトはリティシアの耳に唇を寄せた。

「感じやすい身体をしているね」

リティシアの目が丸くなるのにもかまわず、そのまま耳朶《みみたぶ》に舌を這わせる。

「あっ……いやっ……」

リティシアは足をばたつかせ、身体をひねってレーナルトの膝から下りようとした。

「だめですっ！　ここは寝室ではありませんっ！」

リティシアが涙目になっているのを見て、ようやくレーナルトは彼女を床の上に下ろす。

「人に見られるのは困る？」

「……困り……ます……」

羞恥の色を浮かべたリティシアがスカートをいじっているのを見て、レーナルトは小さく笑った。

「人がいなければいいのだね？」

「え……」

なんだか墓穴を掘ったような気がする。黙り込んでいるとリティシアの顎《あご》がすくい上げられた。

左右の頬と唇に軽くキスして、レーナルトはリティシアの瞳を見つめる。

「なるべく早く寝室においで」

それに返す言葉を見つけることができなくて、リティシアは床に視線を落としたのだった。

＊　＊　＊

レーナルトは優しい。リティシアはすぐそのことを改めて知ることになった。

王妃となってからは、二人で夜会に出席する機会もますます増えた。リティシアはそういった場は不得意だが、夫に従って毎回出席している。

「姫。わたしから離れないで」

今日の夜会の直前にも、リティシアを引き寄せ、耳元でささやいた。ついでのように「今日も可愛らしいね」と誉めてくれた。

ついでても世辞《せじ》でも、義務感からでも、彼がくれる言葉なら何でも嬉しい。リティシアは目を伏せて、そっと彼に寄りそった。

基本的に二人には揃いの衣装が用意されている。今日はレーナルトの瞳の色に合わせた青を基調としたものだった。リティシアはそれに銀の髪飾りだけを合わせている。

家臣たちと話している彼をリティシアはその輪のすぐ外から見守っていた。どんな話題をふられても、彼は困った顔一つ見せない。

「待たせてすまない。すぐ、そちらに行くから」

輪の中から彼が声をかけてくれる。リティシアはただ微笑《ほほえ》みを返す。

彼が声をかけてくれた。それだけでリティシアには十分だ。何人かリティシアを気づかってくれる貴族の女性と談笑しながら、レーナルトの話が終わるのを待っていた。

彼の話はなかなか終わらない。

離れるな、とは言われていたが喉《のど》が渇いた。一緒にいた女性たちに断りを入れて、リティシアはその場を離れる。部屋の隅で飲み物を受け取ろうとすると、「陛下」という単語が耳に飛び込んできた。

思わずリティシアはそちらに視線を向ける。テーブルの向こうにいる貴族の女性——恐らく未婚だろう、リティシアより若そうな女性たちが輪になって噂話《うわさ》に花を咲かせていた。

「陛下もあんなつまらない方を王妃に迎えるなんて」

「そうね——お顔も美しいとは言えないし——灰色の瞳は醜いわ」

「お胸も貧弱だし。あんなに痩せこけていてお世継ぎが産めるのかしら？」

使用人からグラスを受け取ろうとしていたリティシアの手が滑った。

グラスの割れる音に、噂《うわさ》をしていた女性たちはふり返り――そして青ざめる。たとえリティシアが立場の弱い国から嫁《とつ》いできたとはいえ、王妃を悪く言っていたとなれば、処罰の対象になる。

そこへ救いの手が伸ばされた。

「――姫」

レーナルトはリティシアを腕の中に抱《かか》え込む。まるでかばおうとするかのように。

「……陛下。すみません……飲み物をこぼしてしまって……」

リティシアは無理に笑みを作った。今聞いたことは気にしてないとでもいうように。

「……ドレスを……汚してしまいました……」

「もう帰ろうか」

レーナルトはリティシアの腕を取った。


帰りの馬車の中で、レーナルトはリティシアを膝の上に乗せて抱きしめる。

「……すまないね。嫌な思いをさせた」

彼女たちの会話は、レーナルトの耳にも届いていた。

「いえ……本当のこと、ですから」

彼が離れるな、とリティシアに言ったのは、彼の側にいれば先ほどのような会話が耳に入ることはないはずだから。レーナルトに聞こえるところで、あんな会話をする愚か者はいないだろう。

「……そんなに自分を卑下《ひげ》しないで」

レーナルトはリティシアの頬に手をそえる。もう少し気を配ってやればよかった。そうすれば、彼女にあんな話を聞かせなくて済んだのに。

彼にとってはリティシアの瞳も十分魅力的だった。澄んだ灰色の瞳はリティシアの心に同調するかのように表情を変える。何度それに見とれたことかわからない。

華奢《きゃしゃ》な身体はむしろ庇護《ひご》欲をそそられるし、楚々《そそ》としたリティシアの風情は好ましいものだった。

もし一言リティシアが申し出れば、彼女たちを処罰するのはたやすいことだ。けれど、リティシアはそんなことは望まない。ただ、彼の腕にひっそりと身をまかせている。

「――姫」

レーナルトはリティシアの顔を上向けた。口づけてもリティシアは逆らわない。

もう少し気を配ってやろう。改めてレーナルトは誓う。

リティシアの瞳が憂《うれ》い、色を深め――そして長い睫《まつげ》に覆い隠された。


その夜、予定の時間よりだいぶ遅れてレーナルトは夫婦の寝室に入った。寝支度を終えたところで、残りの政務を思い出したからだ。

寝室に入ると、ベッドの上でリティシアが丸くなっている。近づけば、本を抱えたまま眠り込んでいた。胸に抱えているのが一冊、そしてもう一冊ベッドの上にローザニアの歴史書が転がっていた。たいていレーナルトの方が遅いため、彼を待つのにリティシアは本を持って寝室に入る。今夜もそうしたのだろう。

先に寝ていてもよかったのに。リティシアが抱きしめたままの本を腕の中から抜き出し、側のテーブルに載せようとして、ふとタイトルに目をとめる。

『竜騎士の詩《うた》』――確かあの時も馬車に持ち込んでいた。よほど気に入っているらしい。

王宮の図書室にある本を何冊か見つくろってリティシアに届けさせたが――一度読んだはいいものの、すぐに図書室に戻したという話を聞いている。そのかわりローザニアの歴史に関する本は何冊も借りていたようだ。この国に懸命になじもうとしているのだと思えばいじらしくなる。

本と一緒にベッドカバーの上に転がっているリティシアを起こさないように注意しながら抱き上げたのだけれど。

「……陛下……？」

彼の腕の中で、リティシアが目をしばたたかせる。

「すまない、起こしてしまったね」

「……ごめんなさい」

腕から抜け出そうとするリティシアを、レーナルトは抱きしめた。

「こんなに冷えて」

手も足も冷たくなっている。リティシアをベッドに横たえ、レーナルトは手足を絡めてあたためてやろうとした。

「わたしが遅くなったら、先に寝ていてくれてかまわないから」

リティシアの頬に唇をあてて、レーナルトは言う。彼の心がどこにあるのか知らなかったら、愛されていると誤解してしまいそうな優しさで。

「……はい、陛下」

リティシアはそれだけを返す。彼女に言えることなんてない。

「――あなたは何もねだらないね」

ふいに夫がつぶやいた。

レーナルトの知っている女性は、何かにつけて贈り物をねだってきた。ドレスだったり宝石だったりと。そして彼の方もできるだけそれに応じてきた。けれどリティシアは決してそんなことをしなかった。

「……欲しいものなんてありませんもの」

必要なものは全て揃っている。夫にねだる必要なんてない。そのうえ毎日のように彼は小さな贈り物――髪に飾るリボンや、城下の菓子店から取りよせた菓子など――を持ってきてくれる。それで十分だ。

「無欲だね、あなたは」

無欲なわけではない。品物で彼の愛情をはかる必要がないだけだ。彼の気持ちがどこにあるのかなんて、よくわかっている。規則正しい彼の鼓動に耳を傾けながら、リティシアは眠ったふりをする。

そうしなければ、彼は寝ようとはしないだろうから。

やがてリティシアの髪を撫でていた手がとまり、穏やかな寝息が聞こえてくる。

リティシアは彼を起こさないよう気づかいながら、夫の身体により一層身を寄せた。

彼は優しい。いつだって気を使ってくれて、心配してくれて――けれど、彼が本当に望んでいるのは、違う女性とともに人生を歩むこと。リティシアがどう頑張ってもかなわない、美しくて素晴らしい女性。

「……イーヴァ……」

レーナルトの口から、その女性の名前がこぼれ落ちる。彼は気づいていない。自分がリティシアを抱いていても、夢の世界では最愛の女性の名を呼んでいることを。

レーナルトの胸に顔を押しつけて、リティシアは嗚咽《おえつ》をこらえようとする。

幸せだ。そう思わなければ。政略結婚で嫁《とつ》いできて、リティシアは小国――それも敗戦国の王女なのだ。粗略《そりゃく》に扱われても不思議ではないのに、レーナルトは決してそうしない。

今以上のものを望んではいけない。何度もそう言い聞かせるけれど、欲張りたくなってしまう。

欲しいものがないわけではない。どう頑張ってもリティシアには手が届かないだけ。あなたの心が欲しいと言ったら、彼はどんな顔をするのだろう。きっとほんの少しだけ困った顔をして――それからリティシアを傷つけないための優しい嘘を口にするだろう。

だからリティシアは何も言わない。彼に嘘はつかせたくない。

従順な妻でいる間は、彼はリティシアに優しくしてくれるだろうから――だからリティシアは何も言わない。彼の腕を一人占めしているのはリティシアなのだから、それ以上を望むのはわがままというものだ。

一生夫に片想い——嫁ぐ時に覚悟は決めたはずなのに。

「夢の世界にいる間は幸せですか？」

心の中でリティシアは問いかける。返事はないのはわかっていても問いかけずにはいられなかった。

せめて彼が夢の世界では幸せでありますようにとリティシアは祈る。リティシアでは彼を満たすことはできないから。

＊＊＊

翌日は珍しく午前中の面会の予定は入っていなかった。リティシアはリーザから作法の特訓を受けた後、以前から考えていたことを口にした。

「家庭教師——でございますか？」

「ええ。あなたにもタミナにも不満があるというわけではないのよ？」

前から考えてはいたのだ。リーザもタミナもよくやってくれているのはわかっている。けれど、二人とも人に教えるというのは本職ではない。

「わたしが、もう少し要領がよければいいのだけれど……それに物覚えがよくないから、あなたたちにも負担をかけてしまうでしょう？　侍女としての仕事もあるのだから」

「いえ、そんなことは」

リーザは目を伏せる。リーザもタミナも人並みはずれて物覚えがいい。分析能力、応用能力も高い方だ。レーナルトの目にとまったのも、役所内での彼女たちの働きによるものだとリティシアは聞いている。

リティシアの物覚えの悪さは、彼女たちにはもどかしく感じられることもあるだろう。

「いいの。わかっているから……午前と午後に一時間ずつ時間をとるようにしてもらえる？　人選はあなたたちにまかせるから」

「……かしこまりました」

ここまで言われてはリーザに反対する理由はない。確かに彼女たちでは限界があるのも事実なのだ。リーザはリティシアの許可を取って退出する。リティシアの身の回りの世話はファルティナからついてきた侍女二人にまかせ、彼女はタミナと手分けして家庭教師の人選にかかった。

レーナルトに愛されないのは最初からわかっているから、せめて彼の隣に並んでも恥ずかしくない存在になりたかった。そうすれば昨夜のような陰口も少しは減るだろう。

「とても綺麗ですけど、毎回似たような品ですねぇ」

二人に代わってリティシアの側に付いたリュシカは、レーナルトの贈り物を容赦ない辛口で評価していた。

毎朝庭園から花が届けられ、リティシアの部屋を飾っている。お茶や食事をともにするたびに、レーナルトは「手を出して」とリティシアに言い――彼女が両手を揃えて出すと、そこに小さな包みが落とされる。昼間会えなかった時は寝室で。

リティシアは、レーナルトから贈られた品は全て寝室の引き出しにしまいこんでいた。今、リティシアはゲルダとリュシカに手伝わせて彼から贈られた品を整理している。毎日のように何かが贈られるので、そろそろ引き出しが一杯になってしまいそうなのだ。

レーナルトが選んだものではない。出入り商人に見つくろわせた品から侍従長《じじゅうちょう》がリティシアの好みを考慮して選んでいる。それでも「若い娘が好みそうな」という範囲をこえるものではない。リボン、ハンカチ、レースの髪飾りに手袋。香りのいい石鹸や香油の瓶や甘い菓子。

「お菓子はおいしかったですけど」

ちゃっかりリティシアと一緒にお菓子をつまんでいたリュシカは、菓子の味を再現しているかのように口をもごもごとさせた。

「そんな風に言うものではないわ……わたしは、嬉しいと思っているわ」

「リュシカ」

ゲルダがたしなめる口調になる。申し訳ございません、とリュシカは頭を下げる。誰かの耳に入れば不敬罪と言われかねない。レーナルト自身は気にしないだろうが。

それからほどなくして、リティシアの毎日のスケジュールには家庭教師による授業の時間がくわわったのだった。

歴史、社交術に音楽、行儀作法。政治と経済も基本的なところは押さえられるよう、いずれも一流の教師が呼ばれていた。

なんだか身体が重い、とリティシアは思った。結婚してから三ヶ月が過ぎようとしている。王妃としての毎日は忙しく、休む暇などほとんどない。もちろんリティシアも要領よくこなせるよう努力しているのだけれど――それでも姉であればもっとうまくこなすのだろう。侍女たちではなく家庭教師に教わるようになってからは、以前より予習復習に割《さ》く時間も増やしている。

それを知ってか知らずか寝室に入ったレーナルトは、必ずと言っていいほどリティシアに触れた。もちろんリティシアが先に眠っていれば別だが――それがわかっているので、リティシアはなるべく起きて待っている。

「リティシア様、顔色がよろしくないですよ。お疲れですか?」

ゲルダが夜着を着せかけながらたずねる。

その日も朝からずっと予定がつまっていて、ろくに休む時間を取ることもできなかった。疲れている、と言えば疲れているかもしれない。

もちろんリーザかタミナに言えば予定を変更することはできただろう。けれど、予定を変更させるのは心苦しかった。ローザニアの王妃になるのならば、全て必要なことだ。

「そうね。このところたてこんでいたから……」

ガウンを手に取ろうとしたリティシアの目の前が暗くなる。リティシアはその場にしゃがみこんだ。

「大変！　お熱があるじゃないですか」

リティシアに手を貸そうとしたリュシカが声をあげる。すぐにベッドに寝かされて、宮廷医師が呼ばれた。念入りに彼女を診察した医師は、過労だと診断をくだした。それならば、明日には熱も下がるだろう。

「陛下に今夜は自分の寝室で休みますとお伝えして……後は水差しとグラスをそこのテーブルに」

医師を送り出して寝室に戻ってきたゲルダにリティシアは命じる。

「かしこまりました。誰をお付けしましょうか？」

「皆下がっていいわ。ゆっくり寝かせて」

言いつけられた用を済ませ、部屋の明かりを落としてゲルダは出ていく。

リティシアはうとうとしながら、彼女の出ていく気配に耳を傾けていた。一人がいい。誰にも邪魔されず、ゆっくり眠りたい。望むのはそれだけだった。

リティシアが目を覚ました時、部屋にはもう一人いた。喉《のど》の渇きを覚えた彼女が半身を起こして水差しに手を伸ばすと、ひょいと水差しが遠のく。レーナルトだった。

「具合は？」

水を注いだグラスを手渡しながら、彼が問いかけてくる。夫が自分の寝室にいることにとまどいを感じながら、リティシアはグラスを受け取った。

「飲みなさい」

素直にリティシアはグラスを空にした。

「誰も付いていないようだが、侍女たちは？」

リティシアが一人でいることを彼は不快に感じたらしい。声音がやや不機嫌だった。

「……下がらせました。静かに眠りたかったので……」

侍女たちが叱られないよう、リティシアは慌てて夫に言った。レーナルトはリティシアの額に手をあてる。

「ああ――まだ下がっていないね」

体温を確認したついでのように、彼はリティシアの髪を撫でた。

「明日からの予定はあけさせたから、数日休むといい。あなたには休息が必要だ」

「……申し訳……ござい……ま……」

リティシアはうつむく。王妃としての責務を果たさないうちに休息を取ることになるなんて、と自分を責めずにはいられなかった。

「いや、わたしが悪かった。少々無理をさせてしまったようだね」

レーナルトはリティシアの手を取る。そのままなだめるようにリティシアの手をさすり始めた。

「あなたはとても真面目だから。きっと自分の理想とする王妃というものの姿に少しでも近づこうとしたのだろうね」

そんな言葉をもらえるなんて思っていなかった。リティシアの中で何かが崩れた。

「姫、姫――泣かないで――」

もてあました感情を、リティシアは涙という形に変えて押し流そうとした。レーナルトに身体を預けて、思いきりしゃくりあげる。

リティシアが泣きやむまで、レーナルトは背中をさすり続けた。

「……ごめんなさい」

泣きはらした目を見られたくない。顔をそむけようとするリティシアの顎《あご》をとらえて、レーナルトは正面から彼女の顔をのぞきこむ。

「あなたが謝ることはないよ。無理をさせてしまったのは、わたしだからね」

リティシアを腕の中に囲い込んで、レーナルトは涙の跡の残る目元を指先で優しく拭《ぬぐ》った。

「……でも」

「もう寝なさい。熱が下がっても、明日は一日ベッドから出ないように」

レーナルトはリティシアを横にならせた。額に手をあててもう一度熱をはかる。リティシアが眠りに落ちるまで、彼は彼女の側に座っていた。

リティシアが眠ったのを確認して、レーナルトは立ち上がった。夫婦の寝室へと続く扉には向かわず、リティシアの居間の方へと出る。机の上の呼び鈴を鳴らすと、侍女の控え室からゲルダが出てきた。

「他の者は？」

「リティシア様のご命令ですから休ませました」

確かにリティシアも下がらせた、と言っていた。だから出てくるまでもう少し時間がかかると思っていたのだが、その予想は外れた。

「わたくしは、いつお呼び出しがあってもいいように、と控えておりました」

レーナルトの真っ青な瞳と、ゲルダの薄い青の瞳が正面から合った。ゲルダは彼に膝を折る。

「お願いがございます、陛下」

「何だ？」

「お客様の数か勉強時間を減らすようにとリティシア様にお命じくださいませ」

思い切ったようにゲルダは一息に言った。

「リティシア様は、たいそう熱心にお勉強なさっています。家庭教師の先生にお見えいただくのだからと、ほとんど休憩もなさらずに。休憩なさいますようにとわたくしが申し上げても、お客様との面会もしなければと拒《こば》まれて」

夜会で遅くなった次の日もいつもどおりの時間に起床して、仮眠も取らずに予習復習に勤《いそ》しむ。もちろんそれは役に立ってはいるけれど——そろそろ体力も限界に近づいている。それが今回の発熱の原因だ。

国に残してきた乳母と同様、リティシアが子どもの頃から仕《つか》えているゲルダにはわかる。リティシアは、彼の隣に立つのにふさわしくないと自分を卑下《ひげ》しているのだと。

リティシアが平凡なことはゲルダも否定しようとは思わない。人の上に立つための教育も受けていない。今から必死に学んだところで追いつくには数年以上かかるだろう。その期間を短縮しようとリティシアは全力をつくしている。ただ夫にふさわしい人間になりたい。その一念で。

「……そうだな、わたしも無理をさせすぎた。王妃にはそのようにわたし自身の口から伝えよう」

「感謝いたします」

ゲルダに見送られ、自分の居室へとレーナルトは戻った。

初めてリティシアが、彼の前で感情を見せたように思えた。いつも遠慮がちに微笑《ほほえ》んでいる彼女の心には、目に見えない壁がある。

それは寝室でも同じことで、抱くたびにその壁を崩したくはないというようにレーナルトの愛撫にあらがう。彼女がそうしているのをわかっていて、レーナルトは毎度リティシアが抵抗できなくなるまで攻め立てた。甘い声で彼の名を呼び、腕を彼の首に絡めたところで、ようやく彼女を解放する。確かに無理をさせすぎた。

翌朝、レーナルトは再びリティシアの寝室を訪れた。新しい夜着に着替えたリティシアは、ベッドで朝食をとっていた。

昨夜よりは顔色もよくなっているようだ。茶の髪を白い夜着の上に垂らしていて、いつも以上に儚《はかな》げな雰囲気を漂わせている。

「海に行こう」

朝食の載った盆をずらし、レーナルトはリティシアの側に腰を下ろす。

「海……ですか？」

突然の提案に、スプーンを盆に戻してリティシアは顔を上げた。

「そう。ここから馬車で二日ほど行ったところに別荘がある。今はまだ気候がよくないから――ひと月ほどしてからかな。必要最低限の供だけ連れて。あなたはのんびりするといい」

「……よろしいのですか？」

リティシアの肩を抱き、愛おしそうに顔にかかった髪を払ってレーナルトは笑った。

「政務は別荘でもできるし……いや、それも最低限にしよう。あなたと過ごす時間が欲しいし――ね」

リティシアの瞳が潤む。大きな灰色の瞳に彼はとらわれる。この瞳が喜びに輝くところが見たい。

レーナルトが唇を寄せると、リティシアは瞼《まぶた》を閉じる。

「……ありがとうございます……陛下」

一度、ローザニアの海を見てみたかった。レーナルトの瞳は、ローザニアの海と同じ色なのだと聞いている。北の、どこか冷たい色を残している祖国の海とはどう違うのだろう。

「だから、あなたには早くよくなってもらわないと。よく食べて、よく休んで。元気にならないと何もできないからね」

レーナルトは盆を自分の膝の上に引き寄せる。

「ほら、口を開けて」

言われるままにリティシアは素直に口を開き、レーナルトが差し出したスプーンを口に入れた。

ベッドから出ないようにと言われていたが、午後にはリティシアは起き出していた。体調も悪くない。そこへ執務を抜けてやってきたレーナルトが顔を出す。リティシアが着替えて起きていることに苦笑いして、彼女の手の中に小さな包みを落とした。

「エルディア産の茶葉だそうだ。今日はこれをいれてもらおうかな」

「ありがとうございます……嬉しいです」

リティシアはにっこりとして彼の好意を受け取る。エルディアの茶葉は独特の芳醇《ほうじゅん》な香りが特徴で、好む者が多い。高級品であるため、入手するのが難しい品でもあった。厨房《ちゅうぼう》から焼きたての菓子が届けられて、リティシアの居間には甘い香りと茶の香りが漂っていた。

「このお茶を上手にいれるのは難しいと聞いていたけれど――あなたの手にかかれば香りが引き立つね」

茶を一口飲んだレーナルトの感想にリティシアの頬がゆるむ。彼にいれる時にはいつも以上に気を配っているのだ。おいしくいれることができたと思っても、彼が口をつけてくれるまでは毎回はらはらしている。

二人の穏やかな時間を妨げるかのように扉が叩かれた。

「お休みのところ申し訳ありません」

宰相《さいしょう》のアーネストが扉の外から声をかける。リティシアはリーザに彼を招き入れさせた。

彼は室内に漂う香りに一瞬気を取られ、そしてつぶやいた。

「エルディア産ですな、この香りは。茶葉の種類はライサ……でしょうか」

リティシアは目を丸くする。香りだけで産地までわかる人がいるとは思わなかった。

「正解だ。で、何の用だ？」

レーナルトは軽く受け流し、先をうながした。

「そのエルディアの国王――ライエルト様がお亡くなりになりました」

瞬時にしてレーナルトの表情が変わる。日頃リティシアには見せない、厳しいものへと。

「この時期にか。ご高齢であったし、以前から病床にあるとは聞いていたが」

「当然皇太子殿下が即位することになりますが」

亡くなったライエルトは七十代になったところだった。穏やかな人柄で戦乱を好まず、ここ数十年の間ローザニアとの関係は良好だったという話だ。

後継者であるライツァーは、十五で皇太子となってから三十年ほど。野心家の彼は、実権を父に握られていた時代が長く、さぞ鬱憤《うっぷん》がたまっているであろうことが予想できる。

「おそらく、貴族たちに自分の能力を見せつけようとするだろうな、彼ならば」

「御意《ぎょい》」

「わかった。軍務大臣を呼んでおけ。わたしもすぐに行く」

一礼して出ていくアーネストを見送りながら、レーナルトは一息にカップの残りを喉《のど》に流し込んだ。

「今日はゆっくりできると思っていたのだが、もう行かなければ」

「わたくしももう一度横になります」

リティシアはレーナルトを見上げる。一瞬違って見えたレーナルトの表情は、いつもリティシアに向けているものに戻っていた。

政務に戻るレーナルトを見送ろうと、リティシアも廊下に出た。遠ざかっていく背をリティシアが見つめていることなど彼は知らない。天井の高い廊下を一度もふり返ることなく急ぎ足に進み、階段を下りて姿を消した。

リティシアは彼が見えなくなるまで見送ってから居間に戻る。頭の中でレーナルトとアーネストの会話を思い返していた。

リティシアの持つごくわずかな知識の中でも、ローザニアとエルディアとの関係は良好だったはずだ。両国の国境にまたがる銀鉱があって、共同で採掘しているのだと聞いたことがある。ライエルトの崩御《ほうぎょ》によって何か影響があるのだろうか?

侍女たちを呼び集める。残された甘い菓子にリュシカは大喜びで、いそいそと新しい茶の用意に取りかかった。リュシカに茶をいれてもらっている間に、リティシアはタミナにエルディアとのこれからの関係についてたずねた。

「そうでございますね……。陛下は国境の侵犯《しんぱん》を警戒なさっているのでしょう。エルディア側もしばらくは喪《も》に服すでしょうが、喪が明けしだい銀鉱の採掘権を主張するか、あるいは国境そのものを決め直すことを要求してくるか」

「そうなの……」

初めてレーナルトの厳しい表情を見た。彼はリティシアに余計な心配をかけまいとしてくれているのだろう。裏を返せばこのようなことを教えてもらえない自分はやはり頼りないのだとリティシアは落ち込む。そんな彼女の気も知らず、

「お茶が入りましたよー」

とリュシカがのんきな声をあげた。

＊　＊　＊

約束どおりひと月後、夏の休暇を取るために二人は別荘に向かって出発することになった。海辺の城クーベキュアル。滞在するのは一週間。往復に四日かかるから、十日ほど王宮を留守にすることになる。

エルディア国王の死が発表され、皇太子は即位の前に三ヶ月喪に服すと宣言していた。エルディアとの国境はまだ安定している。レーナルトがしばらく留守にしてもアーネストだけで対処できるだろう。連れていくのは最低限の護衛だけだ。二人の身の回りの世話は、現地の侍女たちが担当することになる。

先に馬車に乗り込んでいたレーナルトがリティシアに手を差し出した。リティシアはその手を借りて馬車に乗り込み、彼の向かい側の席に腰を下ろす。

リティシアはそっとレーナルトに視線を向ける。旅とあっていつもより軽装の彼は、気楽な雰囲

気を漂わせていた。

柔らかな光を放つ青い瞳。すっと通った鼻筋。唇は笑みの形を崩さずに、ゆったりと座席に背を預けている。以前より少し伸びた金髪は、そろそろ切った方がよさそうだ。こんな美しい人が夫だなんて、いまだに信じられない気持ちになることがある。

「あの時のことを思い出すね」

視線を落としたリティシアにレーナルトは言った。

「あの時、ですか?」

「そう。あなたの国を出た時」

うつむいたリティシアの目に映っているのは、青みがかった灰色のスカートだ。レーナルトに言われて、一人でも着られるものを身につけてきた。別荘にも侍女はいるが、二人の時間を邪魔されたくないというのが彼の言い分だったから、人の手を借りないで済む服ばかり荷物に入れた。

ひょいとレーナルトが隣に移動してくる。

「あの時は、こうやってキスしたら」

肩を抱き寄せられた。リティシアは目を閉じて顔を上げる。唇が合わせられ、レーナルトの手がリティシアの解いたままの髪をなでおろして、背中へと到達する。

「……あの時は、わたしの腕から逃げ出してしまったけれど——今日は逃げ出さないのだね」

「逃げる理由はありませんもの」

リティシアはレーナルトの胸に身体を預ける。あの時は不安だった。これから先、何が待ち受けているのかわからなくて。でも今は違う。レーナルトの腕の中ならば安心できる。

ひどく甘い時間だった。

リティシアとレーナルトは夢中になってキスをし、指を絡め、たくさんのおしゃべりをした。まるで恋人になったばかりの男女のように。


その日の夜は、いつも別荘に向かう時に一泊しているという貴族の屋敷に世話になった。さすがにこの日は別々の寝室で休み、翌朝再び馬車に乗り込む。人が見ている前で彼の隣に座るのは気恥ずかしくて、リティシアはあえて対面の席に座を占めた。扉が閉められ、動き始めてようやく安堵《あんど》する。

「あの……レーナルト様……」

リティシアは口を開いた。以前からたずねたかったことをこの機会に口に出してしまいたい。

「わたくしは……あなたにふさわしい妻でしょうか？」

昨夜の晩餐《ばんさん》でもうまくふるまえている自信はなかった。彼の隣だと、何をしてもぎこちなくなるような気がする。

「あなたはよくやってくれているよ。あなたは今のままでいい」

彼の返事は、予想以上のものだった。リティシアはレーナルトに飛びつく。嫁《とつ》いでから頑張ってきたことが認められたようで嬉しかった。レーナルトの首に腕を回し、そのまま口づける。彼女の方から唇を重ねたのは初めてだった。ひどく不器用なそれを受けながら、レーナルトはリティシアを膝の上に乗せる。

そして何度も唇を触れ合わせてから、レーナルトは腕の中にいるリティシアを見つめた。彼を見上げる表情が、幸せそうな笑みであることに満足する。いつまでも彼の腕の中にいればいい。こんな表情を彼以外の誰にも見せたくない。気がつけばこんなにも彼女を愛しいと感じるようになっている。

彼を見つめる灰色の瞳は、いつもどこか不安の色をはらんでいた。最近、ようやくその色が薄れてきたような気がする。彼女の壁なんて壊れてしまえばいい。レーナルトはリティシアの額に、頬に、唇を落としていく。

「……どうかなさったのですか？」

「何でもないよ」

リティシアがくすぐったそうに笑うのを見て、もう一度口づけた。

「……陛下。……ここは……寝室ではありません……よ？」

レーナルトは、この場には不適切な動きを始めた指先をたしなめられ、その動きを止める。代わりにリティシアを逃がすまいとするかのようにしっかりとその身体を抱きしめた。

＊　＊　＊

リティシアが柔らかな声で起こされた時には、もう夕方になっていた。

「リ——姫、もうすぐ着くよ」

「……もう、ですか？」

彼の腕に包まれてうとうとしていたリティシアは、彼の呼び方が一瞬いつもと違っていたことに気づかない。

レーナルトはまだ寝ぼけているリティシアのわき腹をくすぐった。彼女が悲鳴をあげて逃げようとするのをつかまえて強引にキスをする。

少しの間戯《たわむ》れてから先に馬車から降りた彼は、リティシアへと手をさしのべた。真っ先にリティシアの目に飛び込んできたのは、優美な形の白い建物だった。赤い屋根に夕日が反射してまぶしい。

「……海は見えないのですか？」

「それはこれからのお楽しみだよ」

別荘の使用人たちが出迎える中、リティシアはレーナルトに導かれて城の中へと入る。

ローウィーナの王宮とは違ってそれほど大きくはない。入り口を入ってすぐの螺旋階段を使って三階まで上がる。一番奥が寝室だった。

「さて、寝室はどうしようか。あなたが別の部屋がいいというのであれば、別にするけれど」

「……できれば……」

レーナルトと一緒がいいと思う。それを口に出すことはできなくて、代わりにリティシアはレーナルトに身を寄せた。

「そうだね——一緒に休もうか」

リティシアの頭をくしゃりと撫でて、レーナルトは一番奥の扉を開く。

リティシアは目を見開いた。

正面の大きな窓のカーテンが開かれていて、外の景色が見えるようになっている。窓の外には広めのテラスがあり、その向こうに一面に広がっているのは海だった。

「……なんて……」

沈んでいく夕日が海面を黄金色《きんいろ》に染めている。

「気に入ったかな？」

「……はい……」

それ以上言葉が出ない。なんて美しい光景なのだろう。こんな景色が存在するなんて。

「気に入ってくれてよかった」

レーナルトの声が優しく響き、リティシアは彼の身体に腕を回した。


まだ眠っているレーナルトを起こさないように、リティシアはそっとベッドから滑り出た。昨夜は簡単に夕食を済ませた後、早々に寝室に引き上げた。それから身体を重ねて、そのまま二人揃って眠りに落ちたのだ。かろうじて夜着を羽織ることだけは忘れなかったけれど。

朝の日の光を室内に入れないよう、用心しながらカーテンの端をまくってリティシアは窓に手をかける。鍵を開けてテラスへと出た。

まだ冷たい潮風が肌を撫でた。夜着一枚で出たことを少し後悔しながらリティシアはテラスの端まで進む。手すりにもたれかかって目を細めた。潮風が髪を揺らし、夜着の裾をなびかせる。

「姫、身体を冷やしてはいけないよ」

目を覚ましたらしいレーナルトもテラスへと出てきた。後ろからリティシアを抱《かか》え込む。夜着の薄い生地越しに、彼の体温がリティシアへと伝わってきた。

「わたしは出かけなければならないけれど、あなたは一日自由に過ごしているといい。夕方にまた会おう」

「わたくしはご一緒しなくても……？」

リティシアは身体を反転させて彼を見上げた。自分一人が遊んでいるのは気が引けた。

「あなたはここに療養《りょうよう》に来ているのだからね。ゆっくり休養を取るのも大切な仕事だ」

もう一度唇が合わせられた。


一緒に朝食をとり、出かけていく彼を見送って、リティシアはどうしようかしばらく考え込んだ。のんびりしていていいとは言われたけれど——せっかくだから、城の中を探検して回ることに決めた。

寝室の隣の部屋は予備の寝室なのだろう。立派な家具が揃えられていた。リティシアたちが使っている部屋と同じように、二人で寝てもまだ余裕のあるベッドが中央に置かれている。

階段を下りて、別の部屋の扉を開いてみる。こちらは図書室らしい。壁の本棚には、床から天井までぎっしりと本が並べられていた。座り心地のよさそうな椅子がいくつも置かれている。ここで午後のひと時を、潮の音を聞きながら読書に費やすというのも悪くはなさそうだった。

ひときわ立派な扉の前で、リティシアは立ちどまる。この部屋だけは扉に鍵がかけられていた。

「この部屋の鍵、開けてもらえるかしら？」

この城を取り仕切っている執事のフォーンを呼んで頼むと、彼は腰につけた鍵の束をとって扉を開けてくれた。

「この部屋は……？」

「陛下のお母上がお使いになっていた部屋でございます」

美しい人だったという話は聞いていた。入ってすぐ左手の壁に大きな肖像画がかけられている。

レーナルトによく似た輝くような金髪と、青い大きな瞳の持ち主だった。

嫁《とつ》いできた時にローザニア王妃のものとして伝わる品だといって渡された宝石箱の中に入っているのと同じ、サファイアの首飾りを身につけている。瞳と同じ色だった。

「美しい方だったのね」

彼の美貌は母親譲りであることは間違いなさそうだ。

室内は長年誰も使っていなかったらしく、独特のにおいが漂っている。それでも置かれた家具が丁寧に選び抜かれた上質なものであることはリティシアの目にもわかった。

「ご自分のお好きな家具を揃えられたのね」

リティシアは部屋の中央に置かれているテーブルに手をついて言った。ローザニアで好まれる家具とはやや違う、異国風の趣《おもむき》を持った家具だった。

「このお城は、陛下のお母上の持ち物でしたから」

レーナルトの母親は、リティシアと同様ローザニアと国境を接する国の王女だった。リティシアとは違って、当時のローザニアに匹敵《ひってき》するほどの大国から嫁いできたのだけれど——政治的混乱で後継者がいなくなり、その国も今ではローザニアの一部となっている。

「……わたしも模様替えしようかしら」

リティシアはマイスナート城にはまったく手をつけていない。自分の領地に行く機会もないまま嫁いできたから。いつか行ってみたいと思う。

「ありがとう。また鍵をかけておいてくれる？」

にっこりと執事に指示をして、それからリティシアは庭へと回る。海を背に広がる庭園は絶景だった。

レーナルトがこの城を使うのは、年に一度か二度。それなのに庭も屋内も完璧に手入れされている。なんて贅沢《ぜいたく》なのだろう。そんなことを考えながら、リティシアは角を曲がる。

曲がった先は薔薇園だった。もう盛りを過ぎて散り始めているが、まだ十分美しい。様々な種類の薔薇が集められていた。

時々足をとめ、芳香を楽しみ、リティシアは咲き乱れる花の間を散策した。彼女たちが帰るまで、この花は残っているだろうか。もう一度レーナルトを誘って来てみよう。

＊　＊　＊

レーナルトが毎日あれこれ楽しそうに提案してくれたため、薔薇園の散策を口にする機会はないまま、休暇は最後の日を迎えようとしていた。

平和な一週間だったとリティシアは思う。何も考える必要はなかった。レーナルトはここまで追いかけてきた政務のため留守にすることもあったが、それ以外の時間はずっとリティシアと過ごしていた。

遠巻きに護衛たちが見守る中、二人は海岸を散歩し、テラスでお茶を飲み、星を見上げながら語り合った。

レーナルトはあきれてしまうほどリティシアを抱いた。夜はもちろんのこと、気が向けば昼でもカーテンを閉めて寝室へとリティシアを連れていく。最初の頃は拒《こば》んでいたリティシアも、三日も過ぎる頃には逆らわないようになっていた。

彼は優しかった——愛されていると錯覚してしまいそうなほどに。その錯覚にリティシアは溺《おぼ》れた。二人だけの穏やかな時間は、レーナルトを独占しているという喜びでリティシアを満たしてくれた。

王宮から離れ、イーヴァとの距離が遠ざかったことで、彼の心も落ち着いたのかもしれない。

夜中に目を覚まして、ひっそりと彼に身体を預ける。無意識のうちにリティシアの身体を抱きしめ返してくれる彼の口から、彼女の名前が出てくることはなかった。

「……明日は帰らなければならないのですね」

二人は海を眺めながらテラスで朝食をとっていた。まだ帰りたくない――などとは口にしてはいけないのだろう。

「そうだね。休暇は今日で終わりだ」

レーナルトへは、王宮から何度も使いがやってきている。王宮に戻ればまた慌ただしい日々が始まるに違いない。レーナルトはテーブル越しに手を伸ばして、リティシアの頬を撫でる。

「今日は何をしようか？」

「そうですね……」

リティシアは考え込む。今日は天気がいいし、テラスでお茶を飲んでのんびりするのもよさそうだ。海へ散歩に行くのも。それに、まだ薔薇園に行くことができていない。

「決めた」

レーナルトはテーブルの上に手をついて立ち上がる。そのままくるりとテーブルを回ってきて、リティシアの側までたどり着くと彼女の顎《あご》に手をかけた。

「まずはあなたと寝室、だな」

「……陛下」

リティシアは瞳を閉じる。唇が重ねられる。ここ何日かの間に、この一連の動作も今までに比べはるかに滑らかになっていた。果物の香りのするリティシアの唇を丹念に味わってから、レーナルトは顔を離す。

「もちろん、あなたが嫌だと言うならば話は別だけどね」

レーナルトはずるい。リティシアはひそかに視線をそらす。リティシアが逆らえないことなど十分に知っているはずなのに、こんな台詞《セリフ》を言うのだから。


結局、午前中は大半を寝室で過ごすことになった。巧みな愛撫を全身に受け、レーナルトに貫かれてリティシアは何度も声をあげた。波の寄せては返す音が、耳の奥まで忍び込んでくる。

全てが終わった後、シーツに身をゆだねながらリティシアは考える。乳母の教えを守るのは不可能だ――と。毎回のように頑張ってはみるのだけれど、こんなにされて声を出さずにいられる人がいるのか知りたいものだ。

ぐったりとシーツに沈み込んでいるリティシアをレーナルトは引き寄せた。

「今日もあなたは可愛かったね」

リティシアの髪を指でもてあそびながら、彼は耳元でささやく。返事のかわりにリティシアはレーナルトの胸に額を押しあてた。リティシアの顎《あご》をやや強引に持ち上げて、彼はまじまじと顔をのぞきこんでくる。

「以前より顔色がよくなったようだね。ここに来て正解だった」

「……とても……楽しかったです……」

このまま時間がとまってしまえばいいと切に願う――不可能とわかっていても。

「午後は散歩に行こうか？」

「……はい」

彼の体温に包まれながら、リティシアは快楽の余韻《よいん》に身をまかせる。明日からはこんなにゆったり過ごすことはできない。この時を手放すのは、あまりにも名残惜しかった。

「昼食前に薔薇園を見に行きませんか？　きっともう終わりかけていますけれど……」

レーナルトの腕の中でリティシアは甘える。彼とこうして過ごすことができるのは、今日だけ。明日の早朝には出発だ。

「では、そろそろ起きようか？　あなたとこうして過ごすのはとても気持ちいいけどね」

レーナルトは身を起こす。彼の腕の中から離れるのは、リティシアにとっても残念なことだった。


身支度を調《ととの》えて、二人は庭園へと出た。レーナルトはしっかりリティシアと手をつないでいる。

薔薇園へと着いた時、リティシアはがっかりした声をあげた。

「昨日まではまだ残っていましたのに……」

もっと早くここに来ればよかった。リティシアは後悔する。彼が視察や王都からやってきた政務に追われている間に、一人で何度もこの場を訪れていたのだけれど。

「そんなにがっかりしないで。ほら、そこにまだ残っている」

レーナルトが指さしたのは、『月の涙』という品種の薔薇だった。幾重にも花びらを重ねた丸い形、そしてよく見なければわからないほどに薄く黄色がかった白い花は、昼の空にかかる月に見立てられているのだという。

その花の最後の一輪が残っている。レーナルトは近くで花の手入れをしていた庭師を呼んだ。残った一輪を惜しげもなく切り取らせた彼は、リティシアに向き直った。手を伸ばしてリティシアの耳の上にそれを差し込む。

「思った通りだ。よく似合う」

微笑《ほほえ》みかけられて、リティシアの胸がきゅうっとなる。一気に鼓動が跳ね上がった。染まった頬を隠すように顔をそらせると、レーナルトはリティシアの顎《あご》をそっとすくった。

「本当にあなたは可愛らしいね」

彼の笑みは優しいけれど、口にするのはいつも同じ言葉だ。とりあえずそう言っておけばその場を乗りきることができる程度の。それでも彼のかけてくれる言葉は嬉しくて、そのたびにリティシアの頬は赤くなってしまう。口づけをかわしても、胸をときめかせているのはリティシアだけだというのに。

朝食と同じようにテラスで昼食をとって、午後は海岸へと散歩に出かける。休暇の最後の日はゆったりと過ぎていった。

海岸に出ても風はほとんどなかった。砂に足を取られないようスカートの中ほどを右手でまとめ、左手でレーナルトの腕につかまりながら、リティシアはレーナルトとともに海岸を歩く。

「同じ色……」

リティシアはつぶやいた。ここに来てから何度も思った。どこか冷たい色をはらんだリティシアの故郷の海とは違う。ローザニアの鮮やかな海の色とレーナルトの瞳は同じ色だ、と。暖かくて、穏やかで。全てを包んでくれそうで。

嫁《とつ》いできてから何度彼の瞳に救われたかわからない。小国の王女であるリティシアへ向けられる宮中の人たちの視線は、好意的なものばかりではなかったから。

「同じ色？」

レーナルトがリティシアを見下ろす。

「ええ、陛下の瞳と……この海……同じ色です」

リティシアは沖に目をやる。海はどこまでも真っ青だった。

「そうか。あなたの目にはそう見えるのか」

レーナルトは身をかがめる。唇に触れる感触をリティシアは黙って受け入れた。

遠巻きにこちらを見ているであろう護衛の兵士の存在も、今は気にならない。レーナルトと生活をするということはそういうことなのだ。

彼はリティシアを大切にしてくれる。周囲に隠すことなく。だからリティシアはそれ以上を望んではいけない。

何か聞こえたような気がして、リティシアは唇を離した。

「……猫がいます」

みゃあみゃあと鳴き声をあげている猫をリティシアは抱き上げた。子猫というほど小さくはない。もう少しで大人になりそうだ。

「可愛い」

くりっとした丸い瞳。茶のしま模様の毛皮は、毛並みがよかった。リティシアが喉《のど》の下をくすぐってやるとごろごろと満足そうな音が返ってくる。

「首輪がついている。飼い猫だね」

レーナルトはひょいとリティシアから猫を取り上げた。この海岸は、一般の人間が出入りすることは許されていない。飼い主は近くにはいないだろう。

「迷いこんだようだね——飼い主を探させよう」

レーナルトの手が、猫の首輪をなぞる。首輪に刻印などはないが、探せばすぐに飼い主は見つかるはずだ。リティシアがしていたように、彼も猫の顎《あご》の下を中指でくすぐっている。彼の目元がゆるんだ。

そんな彼とは対照的にリティシアは顔を強張《こわば》らせた。自分の顔から血の気が引いていくのがわかる。

目にしたものが信じられなくて、リティシアは目をしばたたかせた。見たくないと思っても、猫をかまっている彼の顔から視線をそらすことができない。猫を見る彼の目は、リティシアのよく知っているものだった。

——気がつかなければよかった。

世界が暗転したようだった。と同時に全てのことに納得できた。その場にしゃがみこんでしまいたい衝動を、リティシアは必死に抑え込む。

「——姫？」

猫を抱いたまま、レーナルトはリティシアの顔をのぞきこむ。彼女の顔は、一瞬にして色を失っていた。

「ごめんなさい……その、気分が……」

喉《のど》に言葉がつまっているようだった。一つ一つの言葉を、リティシアはゆっくりと吐き出す。

「日にあたりすぎたかな。すぐに戻ろう」

手で招いた兵士に猫をまかせ、レーナルトはリティシアの腕を取る。

「抱《かか》えていこうか？」

かけてくれる言葉は、リティシアへの気づかいにあふれているのはよくわかるのだけれど。

「……自分で歩けます……」

彼の腕に頼って歩きながら、表情を見られないようにリティシアは顔を隠す。完全に隠しきれていますようにと願いながら。

……わかってしまった。

猫を見る彼は、リティシアを見る時と同じ目をしていた。

彼が優しくしてくれたのは、リティシアに何も期待していなかったからだ。

彼の言葉、「あなたは今のままでいい」という言葉を、リティシアは彼女の努力をレーナルトが認めてくれたからだと思っていたのだけれど——それは誤りだった。

彼にとってのリティシアは、庇護《ひご》するべき対象であっても一人の女性ではない。そのことを痛感させられてしまう。犬でも、猫でも、他の女性でも――きっと彼の態度は変わらない。

リティシアのことを何度も「可愛い」とは言ってくれたけれど、それ以外の言葉をかけてくれたことはなかった。誰もが「美しい」と誉めてくれた花嫁衣装に身を包んだ時でさえも。

彼がリティシアにかけてくれるのは、義務感から出る言葉でしかないと知っていたはずなのに……それでも喜んでしまった。

名前で呼ばないのは、彼にとって大切なのはリティシアではなく、隣国のしかるべき身分を持った女性だったから。その条件を満たす女性であれば誰でもよかったのだ。

ヘルミーナを選ばなかった理由も、嫌でもわかってしまう。彼女ならリティシアとはまったく違う妃《きさき》になっただろう。時にはレーナルトと対決することになっても、自分の思う道へと進むに違いない。父が望んでいたように、ローザニア国内で彼女自身の権力を確実に伸ばしていったはずだ。

国にいた頃のことを思い出してしまう。何をしても姉の陰に隠れてしまっていた頃のことを。父も政治向きの難しい話を兄や姉にはしても、リティシアにはしてくれたことがなかった。

リティシアに期待されていたのは、有力貴族と王家をつなぐ絆《きずな》となること。嫁《とつ》いだ後は屋敷の奥にこもり、両家をつなぐ子を産む、ただそれだけだった。

一人の人間として認めてもらえたと思っていたのに。余計なことは考えまいとリティシアは唇を噛みしめる。彼を責めることはできない。最初から彼はリティシアには誠意を持って接してくれた。

期待した彼女が間違っていたのだ。リティシアに期待させないよう、はじめから彼は他に愛する女性がいるということを明言していたし、この結婚そのものが政略結婚なのだから。

あまりにも彼が優しく触れてくれるものだから、彼の眼中にリティシアは入っていないのだということをつい忘れてしまった。

……この結婚を、あるべき姿に戻そう。

固い決意をリティシアは胸に刻み込んだ。

＊　＊　＊

リティシアの様子が変わったのに、レーナルトはすぐに気がついた。たぶんその変化は彼以外の誰も気がついていない。

「あの猫だけどね、姫」

別荘から王宮へと戻って十日ほどたった日。彼が話を切りだした時、二人はレーナルトの居間で夕食をとっていた。

「……海で見つけた猫ですか？」

「──そう、あの猫だ。飼い主が見つかったそうだ」

城に残してきた猫は使用人たちが面倒を見て、ついに飼い主を見つけたのだという。

「よかった」

リティシアの笑みは、以前とは違う。そう感じずにはいられない。

「──おいで」

食事を終え、レーナルトはリティシアを長椅子へと誘う。使用人の目を気にして、彼との距離を少し置いて座るのは今も変わらない。リティシアの頬を両手で挟み込んで、彼は彼女の顔をのぞきこんだ。

「少し痩せたかな？」

「……そうでしょうか？」

彼の顔を映している大きな灰色の瞳が細められる。どこかうつろな色だった。

「リ……姫」

呼びかけると、少しだけ口角があがった。吸いよせられるかのように彼はそこに口づける。リティシアの両腕がレーナルトの首に回された。レーナルト様、と小さな声が彼の名を呼ぶ。嫁《とつ》いできた頃に戻ってしまっている。一度崩れかけた彼女の壁は、いつの間にか復活している。身体を触れ合わせても、それをこえることはできない。

何度も口づけ、彼女の身体に手を這わせる。彼の与える快感に力を抜いたリティシアを、長椅子に押し倒した。息が乱れ始める。こぼれ落ちた小さな喘《あえ》ぎを恥じるように、リティシアは口に手を押しつけた。

それでもレーナルトは、リティシアの胸に這わせた手をとめようとはしない。ささやかな膨らみを二本の指がたどっていって、触れればわかるほどに存在を主張し始めている頂《いただき》にたどり着く。

硬くなっている場所をぐるりとめぐるように指でなぞると、リティシアは身体をわななかせた。口を覆っている手の下から堪《こら》えきれないといった声が低く聞こえてくる。リティシアの身体に火がつき始めたのを悟ったレーナルトは、身体を起こした。

「続きは寝室にしようか」

「……はい」

口から手を離したリティシアは、潤んだ瞳で彼を見上げる。頬を上気させた顔が、レーナルトの情欲を誘った。

「なるべく早く、寝室においで」

できることなら、この場で押し倒して貪《むさぼ》ってしまいたい。でもきっと彼女は嫌がるだろう。愛することはできない代わりに大切にすると誓ったから――だから彼女の嫌がることはしない。

「……急ぎます」

スカートの裾を揺らしてリティシアは立ち上がった。足に力が入らないのか、一瞬よろめく。レーナルトが手をさしのべる間もなく体勢を立て直して、彼女は彼の前から立ち去った。

湯浴《ゆあ》みをして、リティシアは鏡の前に座る。タミナがタオルを手に髪の滴《しずく》を丁寧に拭《ぬぐ》ってくれる。リティシアの視線が、自分の顔から彼女の前に置かれた一輪だけ花が挿された花瓶へと流れていく。花から目をそらそうとしないリティシアに、タミナがたずねた。

「そのお花は、そのままでよろしいのですか？」

「いいの。とても楽しかったから……忘れたくないの」

花瓶に水は入っていない。挿されているのは、ローザニア育ちのタミナの目には枯れているとしか見えない薔薇だった。リティシアは、海辺の城から大切に持ち帰ったこの花を風通しのよい場所に吊るしておいた。

リティシアの故郷ではこうして夏の間に乾燥させた花を、冬の室内に飾って楽しむ習慣がある。茎には黄色のリボンが結んであった。彼がリティシアの髪にこの花を飾ってくれたあの日。この花が一番美しく咲き誇っていた時の色と同じ、淡い黄色のリボンが。

あの一週間は幸せだった。誰に気兼ねすることなくレーナルトを独占して。

あの日の思い出を捨て去ってしまうのは、あまりにも惜しかった。

あの日へと遡《さかのぼ》りかける気持ちを引き戻して、リティシアは鏡を見つめる。見返してくるのは、嫌になるほど大きな灰色の瞳をした、彼にはふさわしくない平凡な容姿の娘。これ以上、彼に心を開いてはいけない。望む気持ちが強くなれば、それだけつらくなる。

「この花……『月の涙』っていうの」

リティシアは話題を変えた。

「『月の涙』、でございますか？」

水滴を髪からぬぐい去りながら、礼儀正しくタミナは返す。

リティシアは特に花に詳しいというわけではない。この花の名を知っているのは、彼女の祖母が大変な薔薇好きで、離宮の庭を様々な品種の薔薇で埋めつくしていたからだった。

「ローザニアにも似た話があるかしら？　わたしの国では、月が太陽に恋をしたって話があるの」

どれだけ恋をしても、太陽が支配するのは昼、月は夜。月が昼に姿を見せても——太陽の光にかすんでしまって、太陽は月の姿に気づくことすらない。

「その月がこぼした涙が花になったという伝説をもとに、祖母の庭師が作った花なの」

リティシアにこの花を差し出した時、彼はそんな花の由来は知らなかっただろう。

支度を終えてリティシアは立ち上がる。太陽に恋した月のように、リティシアの恋は実ることがない。それがわかっていて、リティシアは今夜も寝室に向かう。


今夜はレーナルトが先だった。待ちかねたようにリティシアの手を取る。

「遅かったね」

「……急いだのですけれど……」

レーナルトはリティシアの顔を上げさせて、唇を重ねる。片手でリティシアの背中を支えて、もう片方の手でガウンの紐《ひも》を解き、羽織っていたそれを床に滑り落とした。

「姫」

そう呼ばれるリティシアがどう感じているのかなど彼は気づいていない。

リティシアの下唇を甘噛みしながら、レーナルトは彼女の夜着に手をかけた。紐を解かれた夜着がガウンに続いて床に落ちる。

いつもと同じように、彼はリティシアを丁寧に扱った。身体中丹念に愛撫し、何度もリティシアを追い上げてから押し入ってくる。それからリティシアが限界だと訴えるまで揺さぶってから、同時に果てた。

呼吸を整えたリティシアは、夫に背を向けて夜着を手に取った。肌を見せないように最大の注意を払いながら、夜着を身につける。

「こちらにおいで」

まだ結んでいない夜着の紐をレーナルトが結ぶ。そしてリティシアをぎゅっと抱きしめた。

リティシアの胸が痛む。彼の腕は優しいのに、身体はつながっているのに、心の距離を埋めることはできない。こんな夜をどれだけ繰り返せば、この痛みに慣れることができるのだろう。

リティシアを腕の中におさめて、髪を撫でながらレーナルトは口を開く。

「明日の予定のことは覚えているね？」

「ええ……結婚のお祝いに行くのでしょう？」

ウェルナーとイーヴァの二人は、結婚しても披露の宴《うたげ》は開かないことにしていた。明日は二人で祝いの品を届ける予定になっている。

リティシアはレーナルトの胸で顔を伏せ、そっと息をついた。正直に白状してしまえば気が進まない。明日、イーヴァと会ったレーナルトはどんな顔をするのだろう。見たくない――それでも行かなければならない。レーナルトの妻はリティシアなのだから。

＊　＊　＊

翌朝の身支度はいつもより念入りに行われた。レーナルトとイーヴァの関係は、侍女たち全員が知っている。会いに行く相手がイーヴァとなれば、自然と彼女たちの対抗意識も強くなる。リュシカはいつも以上にはりきってリティシアの髪を結い上げていた。

「待って……首飾りを変えて。陛下にいただいた銀の……薔薇の細工のものに」

「お気に入りですね」

「余計なこと言わないで、さっさと取ってきなさい」

ゲルダはリュシカを追い払い、リティシアを立たせる。今日のリティシアは、薄い桃色のドレスを選んでいた。ゲルダは前から後ろからリティシアの姿を確認し、それから満足そうにうなずくとリュシカの取ってきた首飾りをつけてくれる。

「今日もお美しいですよ」

「ありがとう」

リティシアはそっと首に手をやる。これをつけているだけで、強くなれる気がする。


「また……それを?」

馬車に乗り込んだレーナルトは、めざとくリティシアの身につけている装身具に目をとめた。

「陛下がくださったものですし――」

リティシアは満ち足りた表情を浮かべてみせた。これだけは特別だ。これは彼がリティシアのために選んでくれた品だから。

ふいに腕が引かれる。彼の胸に倒れこんだリティシアは、慌てて体勢を立て直そうとした。

「……陛下？」

彼と見つめ合う形になってリティシアの声が震える。心の奥まで見透かされているような気がした。

「――いや、何でもない」

ため息混じりに言ってレーナルトは曲がった首飾りを直す。そしてすぐに馬車はとまった。


ウェルナーとイーヴァの新居は、神殿の裏手に建てられていた。

「ようこそ、おいでくださいました」

出迎えたイーヴァは、黄色のドレスをまとっていた。ドレスの裾を持ち上げ、王族への正式の礼をする。リティシアはそっとレーナルトの表情をうかがう。穏やかな笑みを浮かべた彼の表情を見れば、もはやかつての情熱は消えてしまったような気がする。リティシアの希望的観測なのだろうけれど。

「こちらへどうぞ」

二人を奥へと案内するイーヴァの動作は、洗練されたものだった。自分の動きががさつに思えて、リティシアの足はつい遅れがちになる。

「ウェルナーは？」

「呼び出されて出かけていったのだけど、すぐに戻るわ」

「神官も大変だな」

「仕事だもの」

リティシアは足をとめた。イーヴァとレーナルトの会話に入り込めない。リティシアと話す時とは、言葉づかいからして違う。リティシアは夫とあんな風に話すことはできない。関わってきた年月が違うのだから、当然のことなのかもしれないけれど……

ふう、と息をついてリティシアはとまってしまった足にもう一度動くように命じる。その時には、先を行く二人が居間に入ろうとしていた。

少しして神殿から戻ってきたウェルナーは、大仰な動作で兄夫婦を歓迎した。

「身につけるものはやめろと言うから絵にしたよ」

「覚えていてもらえてよかったよ」

いつかの夜会の会話を繰り返し、それから話題は過去へと遡《さかのぼ》っていく。

「そういえば、あなたたち二人一緒に迷子になったことがあったわね？」

「あったかな、そんなこと」

レーナルトは首をかしげた。

「一度だけ皆で一夏を山の別荘で過ごしたことがあったでしょう？　幽霊探しに行くと行って、お城の使われていない場所に迷い込んだことがあったじゃない。一晩帰ってこなくて、みんな大騒ぎだったわ」

山の別荘ということは、リティシアが訪れた海辺の城とは違う。自分の大切な思い出の場ではないことに安堵《あんど》して、すぐにそんな醜い感情を覚えた自分を嫌悪する。リティシアは唇を結んだ。

会話に入れない、今は。嫉妬がきっと口調や言葉に出てしまう。許されない感情なのに。

「あれは、兄上が誘ったんだ。別荘とはいえ自分の城で迷子になるとは思わなかったさ」

そう言って、ウェルナーはリティシアをふり返る。

「こんな話、妃殿下は——あまり興味はないですよね？」

黙り込んでいるリティシアを気づかってくれたらしい。落ち着きなく首の鎖をいじりながら、リティシアは顔に笑みを張りつける。

「とても楽しいです。その、陛下の子どもの頃のお話を聞くことってめったにないので」

嘘は言っていない。彼は子どもの頃の話は滅多にしてくれない。話題に入れないのは当たり前だ。リティシアは嫁《とつ》いできて半年もたっていないし、王位や恋をめぐる確執があったとはいえ、この三人は子どもの頃からのつき合いなのだから。

やがて辞去《じきょ》したレーナルトとリティシアが玄関から外に出ようとすると、イーヴァがレーナルトを呼びとめた。

「先に行っていてくれるかな？」

胸がちくりとするのを感じながら、リティシアはレーナルトに言われたとおりにする。ふり返りたい気持ちを必死に抑え込み、正面の馬車だけを見つめて歩き続けた。やがて追いついてきたレーナルトは、リティシアが馬車に乗り込むのに手を貸すと対面の席に座った。

「……あまりそればかり使わないでほしいな」

レーナルトが、リティシアの首に触れた。

「イーヴァに言われたよ。前に会った時と同じ装身具をつけている、とね。わたしは妻の身につけるものを与えないほど吝嗇《けち》なつもりはないのだけどね」

「……いけませんか？」

リティシアは、首飾りをもてあそんでいるレーナルトの手をそっと外し、顔をそらせた。きっと今、リティシアの顔は醜く歪《ゆが》んでいる。涙があふれそうな目元をゆるめまいと、リティシアは歯を食いしばった。

指摘された理由はわかっている。王妃があまり何度も同じ品を身につけていては、王室の財政に不安があると思われかねない。その忠告はありがたいことではあるのだけれど――彼が贈ってくれたものなのに。

「叱ったつもりはないよ」

リティシアの隣に移動してきたレーナルトは、リティシアの肩に手をかけた。

「わたしがあまり贈り物をしないのがいけないのだろうね？」

「そんな、わたくし、そんなつもりでは……」

暗に贈り物をねだっていると思われてはたまったものではない。嫁《とつ》いできてから一度も使っていない装身具だってたくさんある。確かに宝石などは贈られていないが、こまごまとした品は毎日のようにもらっている。不満なんて感じたことはない。必死にリティシアは言葉を探す。

「これは、とても気に入っていて……それで使う機会が多いだけです、本当です」

いくつか言葉を並べた後で、

「……陛下が使うなと……おっしゃるのであれば……そうします」

そう言いながら身体を硬くしているリティシアを、両腕で包みこみながらレーナルトはため息をついた。

「姫、あなたの好きなようにすればいい。使いたければ、それをやめろというつもりはないんだ」

彼が困惑しているのがリティシアにはわかった。すれ違ってしまっているのもわかっていた。けれど、それを修正する気にもなれなくて王宮に到着するまでの間、無言を貫くことしかできなかった。

自室に戻ったリティシアは、首飾りを自分の寝室にしまいこんだ。ベッドのすぐ側の引き出しの中に。そこには今までに彼から贈られた品が丁寧に収納されている。リボン、レース、ハンカチ、香油の瓶。いずれも選び抜かれた高価な品ではあるが、そこに彼の気持ちがないことなど最初からわかっていた。

その品々の間にリティシアは首飾りを押し込んだ。これを身につけることはもうないだろう。首の回りに感じる鎖の感触に、勇気づけられるような気がしていた。レーナルトの妻はリティシアなのだと自分に言い聞かせながら、笑顔の仮面をかぶり続けて今日一日を乗り切ったのだ。

なんて愚かなことを。引き出しに収めたばかりの鎖を指でつまんでみる。これを身につけていようがいまいが、レーナルトの気持ちは彼女にはないのに。

時々こうやって見るだけでいい。リティシアはため息をついて、引き出しを閉めた。

＊　＊　＊

リティシアが持参金としたマイスナート領には小さな城がある。そこからの使いが王宮を訪れたのは、それから数日後のことだった。

「……コンラート？」

使いを出迎えたリティシアの顔に、満面の笑みが浮かぶ。

「報告書を持ってきてくれたのってあなただったのね。見せてくれる？」

「はい、こちらに」

コンラートは携《たずさ》えてきた報告書を、リティシアに手渡した。

「……ありがとう。陛下にもお見せしないと」

報告書を読んだリティシアはそれを傍らへと置く。細かいことは彼女にはわからない。夫に確認してもらうことにしよう。

「リティシア様、少しお痩せになったのでは？」

コンラートはリティシアに気づかわしげな視線を向けた。

「……皆、そう言うのよ」

リティシアは唇を尖《とが》らせる。貧弱なほどに痩せているのは昔からで、今さら気にされるほどのことではない。

「ねえ……時間はあるのでしょう？」

「……はい」

「テラスでお茶にしましょうよ。あなたが到着するのが今日か明日かわからなかったから、予定は何も入れてないの」

「よろしいのですか？」

コンラートはリティシアの真意をたずねた。本来ならば彼はリティシアと茶の席をともにすることなどできない身分だ。

「かまわないわ。リュシカとゲルダも一緒に……ね。ファルティナにいた頃の思い出話をしましょうよ」

まだこちらに友人らしい友人のいないリティシアは、侍女たちとテーブルを囲むこともしばしばだ。一階のテラスでいつものようにリティシアは自ら茶葉をはかり、ティーポットに湯を注ぎ、カップを皆に配る。夏が過ぎ去ろうとしている今日は、暑いというほどではなく、テラスには心地よい風が吹き抜けていた。

「国にいた頃、ヘルミーナ様とよくこうしていらっしゃいましたよね」

カップを口に運びながらコンラートは言った。

「俺は側で見ているだけでしたが」

「あなたは警護だったものね」

リティシアは小さく笑う。姉とリティシアがテーブルを挟んでおしゃべりするのを、警護に付いている騎士や見習い騎士の少年たちは少し離れた場所から見守るのが常だった。

「ああ、でも一度お茶の席に呼んでもらったことがありますよ」

「……そうだったかしら？」

「誰も覚えていないでしょうが」

くすくすと笑うコンラートに、リティシアもつられたように頬をゆるめる。こんなに楽しい時間は嫁《とつ》いでから何度あっただろうか。

「……陛下！」

その時、急にリーザが立ち上がった。テーブルに着いていた全員が慌ててあたふたとリーザに続く。

「いや、そのまま」

レーナルトは立ち上がりかけた一同を手で制した。

「わたしも参加してかまわないかな？」

「ええ……椅子、誰か椅子をお持ちして」

一つ椅子が追加される。リティシアの隣に座を占めたレーナルトはテーブルの上を興味深げに見回した。執務室で用意される優美な茶道具とはずいぶん雰囲気が違う。縁に花の描《えが》かれた可愛らしい皿、揃いのカップに砂糖入れ。それらが白いクロスの上に並べられている様子は、まるでままごとをしているかのように微笑《ほほえ》ましく彼の目には映った。

「それで何の話を？」

彼は話の続きをうながした。

「何だったかしら？」

リティシアは首をかしげる。

「コンラートがリティシア様のお茶会に招待されたことがあるって」

リュシカが口を挟んだ。

「記憶にないわ」

「まだリティシア様が七歳の頃の話ですよ。ままごとのお相手を……ヘルミーナ様と一緒にね」

コンラートの肩がおかしくてたまらないというように揺れた。

「泥で作ったクッキーを、食べろ食べろと口に押し込まれて」

「まあ」

リティシアは思い出そうとするかのように、顎《あご》に手をあてる。

「その後三日間腹痛に悩まされましたよ」

「そんなこと、本当にあったかしら？」

コンラートはすまして、カップを空にした。

「首謀者はヘルミーナ様です」

「……よく覚えていたわね」

「出仕して一週間経つか経たないかという頃だったので」

レーナルトは、話が終わるのと同時にカップを空にして立ち上がった。

「わたしはこれで失礼するよ」

それからコンラートに見せつけるようにリティシアに耳打ちする。

「今夜の夕食は一緒に」

「お出かけの予定だったのでは？」

リティシアの把握している彼の予定では、今夜は一人で晩餐会《ばんさんかい》に出席のはずだった。

「取りやめだ」

「……わかりました」

レーナルトを見送って、リティシアはコンラートをふり返った。

「夕食も一緒に――と思っていたのだけれど」

「俺ももう失礼しますよ。明日、早朝に出立しなければなりませんしね」

コンラートはカップをテーブルに置いた。勢いよく立ち上がり、リティシアと正面から瞳を合わせる。

「少しだけ……二人きりで話をすることはできませんか？」

「慎《つつし》みなさい、コンラート」

ゲルダはぴしゃりとコンラートの要求をはねつけた。

「リティシア様のお立場も考えなさい」

宮中におけるリティシアの立場はそれほど強くはない。夫以外の異性といるところを見られると悪意のある噂《うわさ》をばらまかれかねない。ゲルダはそれを心配しているのだ。

やんわりとリティシアは口を挟んだ。

「ゲルダ……わたしならかまわないわ。あなたたちの目の届く範囲にいれば問題ないでしょう？」

コンラートをうながして、リティシアは少し離れた場所へと移動する。侍女たちは、二人から目を離さずにいた。

「話って何？」

リティシア自身も背が低い方ではない。コンラートはそれより頭半分、上背がある。その目を見上げながらリティシアはたずねる。

「今……幸せですか？」

コンラートはずばりと切り込んできた。

「幸せ……そうね、ええ、幸せよ……」

リティシアの目が泳ぐのを、コンラートは見逃さなかった。

「本当のことを言ってください、リティシア様」

「……幸せよ」

リティシアは低い声で繰り返す。こうなればてこでも言葉を撤回しないのをコンラートは知っていた。幼い頃から、側に付いていたのだから。

「リティシア様――忘れないでください。俺はあなたの騎士です」

膝をついたコンラートは、リティシアの手を取った。そこに唇を押しあてる。

「マイスナート城はあなた好みに改装してあります。もし、ここにいるのがつらくなったら――」

それからコンラートは身を翻《ひるがえ》した。そのまま彼はテラスを後にする。リティシアは唇の感触が残っている手を見つめた。

幸せだ。リティシアは自分に言い聞かせる。夫はリティシアを気づかい、丁寧に接してくれる。

これ以上を望むのはわがままというものだ。幸せだ――今以上を望まない限りは。

夕食の時には、レーナルトはコンラートの持参した報告書に目を通し終えていた。

「特に問題はないようだね」

「ええ……」

レーナルトには、リティシアの微笑《ほほえ》みが型にはめられたもののように感じられてならない。あの男に向けていたものとはまるで違う。彼は話題を変えた。

「……彼には会ったことがあるね」

「そうでしたか？」

おだやかに彼を見つめるリティシアは、何も覚えていないようだ。けれどその表情が心からのものか否《いな》かは彼には判断できなかった。

「あなたと初めて会った日の夜だよ。あなたを部屋まで送る役目を彼に奪われた」

「そんなことも……ありましたね……」

リティシアの灰色の瞳が夢を見ているかのように揺れた。

リティシアはその時のことを思い出す。

宴《うたげ》の席にあんなに遅くまで残っていたのは初めてだった。一番の賓客《ひんきゃく》を一人占めにして、皆の注目を集めて。あの夜は胸の高鳴りを抑えることができなかった。

期待を裏切られるのには慣れていたから、自分が選ばれるはずはないと言い聞かせるのはたやすいことだった——あの夜までは。

「……姫？」

レーナルトの呼びかけに、リティシアは一気に現実に引き戻される。

「いえ、何でもありません——陛下」

幸せだ。レーナルトに微笑みかけながら、リティシアは何度も自分に言い聞かせる。コンラートの申し出を実行するつもりはなかった。

けれどリティシアは気がついていなかった。彼女の表情を夫が完全に誤解していたことを。

ともに夕食をとった日は、レーナルトよりリティシアの方が遅くなることが多い。湯浴《ゆあ》みとその後の寝支度に時間がかかるからだ。その夜もまだリティシアは寝室には来ていなかった。

夫婦の寝室に入ったレーナルトは、テーブルを見下ろした。そこには一冊の本が載せてある。リティシアが国から持ってきた本だ。最初の頃は毎朝自室に持ち帰っていたものの、最近は置きっぱなしになっていることが多い。

『竜騎士の詩《うた》』と書かれた金文字がレーナルトの目をとらえた。リティシアは寝室で彼を待っている間、毎回違う本を読んでいるが、それでもこの本だけは手元から離すことがなかった。

「……陛下がお読みになるようなものではありませんわ」

最初にこの本を手にしているのを見かけた時、リティシアはそう言った。

身分の違う騎士と王女の恋物語。確かに女性が好んで読む類《たぐい》の物語で、レーナルトは読んだことがない。リティシアがざっと語ってくれたあらすじを知っているだけだ。彼はそのあらすじを思い返す。王女を手に入れるために、騎士は苦難の旅をし――人々を苦しめる竜を退治して王女のもとへと帰る。

王女の名はリティシア。

騎士の名は――コンラート。

「……そういうことか」

彼の妻が想う相手は――幼い頃から身近に仕《つか》えていた騎士。

この本を常に手元に置いていたのは、恋物語の主人公たちを自分と彼になぞらえていたからだろう。二人の間に何かあったなどと疑うつもりはない。最初に二人きりになった夜、リティシアは彼の腕の中で失神するのではないかと思うほど震えていた。口づけのしかたも知らず、全てレーナルトにされるがままだった。リティシアの性格を考えれば、コンラートへの好意を口にすることなどできなかっただろう。

けれど、初めてリティシアを抱いた夜、彼女がこぼした涙の理由が、王族として生きるにはあまりにも繊細すぎる彼女の心の叫びだったのだとしたら。

夜中に目覚めて抱き寄せた時、彼女の睫《まつげ》を濡らしていたのが、消し去ることのできない恋心だったとしたら。

茶の席でリティシアは、夫である自分には見せないような表情をコンラートには惜しみなく向けていた。リティシアと出会ったあの夜、テラスで一瞬だけ見せたあの顔だ。それに思い至った時、胸が焼けつくような気がした。

不愉快だ——とレーナルトは思った。

リティシアの微笑が、自分以外に向けられていることも。彼女の瞳が自分以外を映すことも。

リティシアが遅れて寝室に入った時、レーナルトは『竜騎士の詩《うた》』を手にとって睨みつけていた。

「……その本……どうかなさったのですか？」

本をテーブルに戻して、レーナルトはリティシアの腕を取る。

「あの……陛下……？」

「来なさい」

そのままベッドへと引きずられる。彼がまだ来ていなかった時のためにと腕に抱《かか》えていた本が床の上に落ちた。

「陛下、本が……」

「気にするな」

本を床の上に残したまま、ベッドに押し倒された。今までされたことのないような乱暴な扱いだった。

部屋の中は明るかった。身体を見られたくなくて、リティシアは小さく訴える。

「……暗く……してください……」

「明かりは消さない」

レーナルトは、慌ただしくリティシアの着ているものを全て剥《は》ぎ取る。

少しでも身体を隠そうとリティシアは身をよじるが、強引に押さえつけられた。両手を重ねて頭の上で束《たば》ねられ、身体を隠すことができないようにされてしまった。

貪《むさぼ》るように唇が奪われる。口の中で暴れ回る舌にリティシアの胸が痛んだ。身体の線に沿ってレーナルトは何度も撫で上げ、撫で下ろした。リティシアの吐息が色づき始めると、喉《のど》に唇を押しあてられた。きつく吸われて、赤い色が散る。

「……跡が……残ってしまいます……」

「かまわない。わたしたちは夫婦なのだし」

「……でも」

リティシアの言葉を封《ふう》じ込めるように、レーナルトは彼女の首筋にもう一度吸いついた。細い首がのけぞる。印を刻み込まれた場所から広がる、ちりちりという痛みがリティシアの心を焼いた。今までの彼はどれほど行為に夢中になっても、人目につく場所に跡を残すようなことはしなかった。今日の彼はどこか違う。

彼が怖い——恐怖から逃れたければ、快楽に流されるしかない。

リティシアは、彼の指が送り込んでくる快楽に身をゆだねようとした。胸の痛みを封じ込め、脚を伸ばして快楽を受け入れることを身体に命じる。わずかに開いた唇から、小さな喘《あえ》ぎがこぼれ落ちた。

腕を束ねていない方の手が、リティシアの胸を撫で回す。リティシアの弱みを知りつくした指は、彼女が一番感じる強さで乳房を揉みしだき、先端へと忍び寄る。

硬くなった胸の蕾《つぼみ》が指で摘《つま》みあげられ、転がされた。痛みを感じるぎりぎり一歩手前の強さで。

「……陛下……！」

リティシアは首を左右にふった。もう片方の胸にレーナルトは唇を寄せた。すっかり尖《とが》っているその場所を甘く噛む。

「やぁっ……！」

リティシアは背中をそらせた。もっと胸に触れてほしいとねだっているように。レーナルトは、唇に含んだ突起を舌で転がしてリティシアを乱そうとする。

リティシアは積極的に快楽を受け入れた。そうしなければ、恐怖に支配されてしまう。

強引に恐怖から快楽へと塗りかえた感覚が、脚の間を疼《うず》かせる。リティシアがもじもじと内腿《うちもも》をすり合わせているのに気がついたレーナルトは、リティシアの脚を押し広げた。濡れ始めたそこに指を差し入れ、荒々しい律動を送り込む。

明るい部屋でリティシアの頬が染まるのがわかった。彼女の表情を確かめながら、レーナルトはリティシアを攻め立てた。くっと指を曲げて中の壁を押すと、リティシアの腰が跳ね上がる。

リティシアは首をふる。ぴんと伸びた内腿が震え始めた。

「……いや……陛下……」

頭の上で束《たば》ねられたままの腕が、逃れようとするかのように激しくあらがう。そのまま昇りつめると、彼女の身体から力が抜けた。

「……レーナルト様……イヤです……」

すすり泣くような声でリティシアは訴えた。その訴えには耳も貸さず、レーナルトは一気にリティシアを貫く。

入り込んできた熱にリティシアは泣き声をあげた。

「……こんなの……！」

乱暴に揺さぶられる。

押し上げられる。

「いやっ……！」

リティシアの声は、彼の耳には届いていない。リティシアの細い腰をつかんで激しく揺さぶり続けるレーナルトは、彼女に声をかけようとはしなかった。

腰から身体全体を支配する快楽が駆け巡っていき、彼女の脳内を真っ白に染めあげる。高い声をあげて、リティシアは絶頂に追い上げられた。

余韻《よいん》がおさまる前にレーナルトはリティシアの膝をすくい上げた。膝が胸につくほど彼女の身体を折り曲げて、激しく腰を打ちつける。

「……や……いや……陛下――！」

レーナルトはリティシアを気づかってやるつもりなどなかった。欲望のままに動き、一番奥へと精を放つ。彼女の唇が、弱々しく彼を呼んだ。

「今夜は……まだ終わらせないよ」

そうレーナルトはささやいた。震えながら彼を見上げるリティシアの潤んだ瞳が、彼の嗜虐《しぎゃく》心をいっそう煽《あお》る。

「……何を……！」

リティシアが狼狽《ろうばい》した声をあげる。レーナルトはリティシアの脚を片方だけ肩へと担ぎ上げた。そのまま彼は再び動き始める。

「やめて……やめてください……！」

もがくリティシアをレーナルトはシーツに押さえつける。再び寝室にリティシアの声が響き始めた。

レーナルトは容赦しなかった。片足を肩の上に担ぎ上げたままリティシアを攻め立てる。そうしてもう一度精を放つと、今度はリティシアをひっくり返してベッドにうつぶせに押しつけた。そのまま腰だけを持ち上げる。

「……許して……ください……」

ベッドの上を這って逃げ出そうとするが、リティシアの腰はレーナルトにがっちりとつかまれたままだった。

「逃げるな」

低く命令する声にリティシアは動きをとめ、顔を枕に埋めてすすり泣いた。そのまま今度は背後から貫かれた。顔を枕に押しつけて、腰だけを高く上げている。獣のような体勢に顔がいっそう紅潮した。こんなことを強《し》いられたことはなかった。

リティシアの心を切り刻むように、腰が打ちつけられる。リティシアはレーナルトのされるがままになっていた。

その日のレーナルトは執拗《しつよう》だった。リティシアを組み伏せ、身体を押し開き、何度も欲望を吐き出して、ようやくリティシアを解放する。

身体を離した彼は、見るのも嫌だといった風情でリティシアにさっさと背を向けてしまう。いつもなら終わった後も、リティシアを腕の中に招き入れて優しい言葉をかけてくれるのに。

どうして今日の彼はこんなことをするのだろう。リティシアはこぼれ落ちる涙を必死に堪《こら》えて手探りで夜着を探す。震える唇を噛みしめて、嗚咽《おえつ》を殺そうとした。

ここにいるわけにはいかない。自室に戻ろう。そう思っていたはずなのに、夜着を羽織るのがやっとで、それ以上動くことはできなかった。

レーナルトがふり向いた時、リティシアはベッドの端に倒れていた。紐《ひも》を結べなかったらしく夜着がずれ、そこから見える肌が奇妙に白く浮かんで、彼の目には人形のように見えた。

解けた夜着の紐を結んでやりながら、レーナルトはリティシアの表情をうかがった。長い睫《まつげ》が涙に濡れている。レーナルトの心を複雑な想いが横切る。

「……姫」

小さく呼びかけて、レーナルトは涙を指先で拭《ぬぐ》った。

彼女を愛しているわけではない。けれど彼は確かに嫉妬を感じていた。子どもじみた独占欲だ。

自分の心は与えないくせに、彼女の心は欲しくてしかたがない。

互いに他の相手を想っていても、夫婦としてやっていけないこともないだろうに——どこですれ違ってしまったのだろう。

違うな。レーナルトの口が自嘲《じちょう》の形に歪《ゆが》んだ。

少なくとも、リティシアの方は彼に心を開こうとしてくれていた——と思う。二人で海を訪れた時の、はにかんだ笑みをレーナルトは思い出した。彼がキスするたびに頬を染めて、顔を隠す。その顎《あご》をすくい上げてもう一度唇を合わせると、腕を彼の身体に回してきた。

「薔薇園を見に行きませんか？」

と、珍しく彼の腕の中で甘えた声を出して、花が終わってしまったことにがっかりしていた。

その様子があまりにも可愛らしくて、残った一輪を髪に飾ってやった時——レーナルトを見上げた瞳には思慕が現れていたように思う。

あれこれ提案していた彼に気を使うあまり、花を見に行きたいと言い出せなかったのはすぐにわかったから、薔薇を飾られたリティシアが微笑《ほほえ》んでくれたのが嬉しかった。

あの時、彼の気のせいでなければ、彼女は確かに彼に寄り添おうとしてくれていた。彼女の差し出した手を拒《こば》んだのは彼の方だ。終わった恋を忘れられず、今もそれにとらわれている。

忘れたくても忘れられない……忘れてしまえば、彼の二十年以上の年月がなかったことになってしまう。

どうすればいい？　眠っているリティシアの背を撫でながらレーナルトは考える。他の男を想って泣くリティシアの姿は見たくなかった。

「しばらく寝室を別にしよう」

翌朝、突然のレーナルトの言葉にリティシアは息を呑んだ。彼がそんなことを言い出した理由がわからない。それでもただ彼の言葉を受け入れるしかなかった。

彼の言う「しばらく」がどのくらいの期間かもわからないままに。

二人が寝室を分けて三ヶ月もたつ頃には、彼らの〝不仲〟は王宮中の知るところとなっていた。王と王妃が揃って人前に顔を出す機会は多い。これまで人目もはばからずリティシアを引き寄せていたレーナルトが、ほとんど目も合わせなくなったのだから、わかりやすいといえばわかりやすいのだ。

彼らの好奇心はすぐにレーナルトが愛妾《あいしょう》を持つか否《いな》かというところへ移り変わっていった。愛妾の血縁者になれば、王室に対して影響力を持つことができる。美貌の娘を持つ者は、自分の娘をレーナルトの側へ上げようと画策し始めた。娘を持たない者は養女として迎え入れられる美しい娘を探すのに奔走している。

「いったい何があったのです？」

ゲルダはリティシアをたしなめる口調になる。あれほど毎日一緒にいたというのに、今はレーナルトから使いが来ることさえない。

「何もないわ」

リティシアにはそう返すことしかできない。本当に彼女には心当たりがない。

「――軽く扱われたのですよ」

ゲルダはため息をもらした。この国に来る旅の間、彼はずっとリティシアと一つ馬車に閉じこもっていた。侍女たちを別の馬車に押し込んで。まっとうな感覚を持った者なら、そんなことはしない。その後の人目をはばからない寵愛《ちょうあい》ぶりもその証拠だ。きっと彼はもうリティシアには飽きてしまったのだろう。ゲルダはそう結論づける。

「……それならしかたないわね。わたしも身のふり方を考えないと」

リティシアはそっとゲルダに同調した。

リティシアにはわからない何らかの理由でリティシアはレーナルトの怒りを買い——そしてレーナルトはリティシアに触れるのも嫌になってしまったのだろう。彼を呼び戻せるほどの魅力が自分にあるとも思えなかった。

レーナルトが愛妾を持ったら、リティシアはどうすればいいのだろう。彼が他の女性を抱くことなんて、考えたくもなかった。

何度も彼に手紙を書いた。お茶の時間、夕食の時間をともに過ごせないかという内容で。そのたびに戻ってくるのは忙しいという返事だけ。やはり、彼にはもうリティシアなど必要ないということなのだろう。

小国から嫁《とつ》いできたリティシアは、ローザニアの貴族たちにとってはそれほど重要人物ではない。王の寵愛を失った王妃からは急速に人が離れ始めた。

茶会、晩餐会《ばんさんかい》、舞踏会。リティシアが出した招待状には欠席の返事が届くようになり——ひどい時には当日になって体調不良で欠席する者も出始めた。

「勉強する時間が増えたと思えばいいわ」

リティシアは侍女たちにはそう笑ってみせた。

午前に一時間、午後に一時間。日によって違う科目の教師たちがやってきてはリティシア相手に授業をしていく。今まで面会に費やしていた時間は、リーザやタミナを教師としての予習復習にあてられるようになった。

けれど、リティシアのために招かれたはずの教師たちの足もだんだんと遠のいていく。何のために授業を受けるのだろう？　リティシアに教えながら浮かべている表情には、そんな色が見え隠れしていた。

＊　＊　＊

「よろしいのですか？」

リティシアの髪から水滴をぬぐい取りながら、ゲルダはリティシアにたずねた。

「……何が？」

鏡の中の自分を見つめながらリティシアは返す。顔色がよくない。このところ眠れない日が続いていたからだろう。

「陛下ですよ。他の女性をお召しになるそうじゃありませんか」

レーナルトが愛妾を持つという噂《うわさ》はとどまることを知らず、ついには数名の名前が王宮中を駆け巡るようになっていた。噂を耳にしたゲルダはぴりぴりとしていて、リュシカが近づくのを恐れるほどだった。

「……しかたないわ……わたしと陛下は政略結婚だったのだから」

「あんなによくしてくださっていたのに」

いくらなんでも嫁《とつ》いで一年もしないうちに他の女性を側に置くだなんてあんまりだと、ゲルダの不平はとまらない。

「それを当たり前だと思ってはいけないわ……わたしの努力が足りなかったのよ、きっと」

侍女をなだめながらも、リティシアの心は沈み込んでいた。この広い王宮の中でリティシアの相手をしてくれるのは四人の侍女たちだけだ。

「ドレスにお着替えください」

リーザがドレスを持ってくる。いつものように淡い色を使ったそれをリティシアは冷めた目で見つめた。

こんな時。ヘルミーナならきっと背をまっすぐにして、艶《あで》やかな笑みをふりまくのだろう。彼女ならそれができる。彼女の微笑《ほほえ》みには誰だって魅了されるだろう。

ドレスを見つめていたリティシアは決めた。国を出た時、ファルティナの王女であることを忘れるなとリティシアを叱咤《しった》した姉の言葉を思い出す。ヘルミーナのようになれないのはわかっている。でも背中を丸めて現実から逃げ出すのも不愉快だった。姉のようにはなれなくても、近づくことはできるはずだ。

「そのドレスはやめましょう。国から持ってきたドレスの中にオレンジ色のものがあるからそれに変更して」

と、リティシアはリーザに命じる。命じられたドレスを持ってきたリーザは反対という口ぶりだった。

「このお色は、妃殿下には少し……」

派手すぎる、と言いたいのだろう。それに色を変えてしまえば、夫の衣装とも合わなくなってしまう。それを承知でリティシアはそれを着ると言いはった。このドレスは鮮やかな色を好む姉がお守り替わりにと持たせてくれたものだ。今まで着たことはなかったが、見ているだけで姉に叱咤されているような気持ちになった。

「いいのよ。最近気分が沈んでしかたがないんだもの。せめて着るものくらいは華やかにしたいわ」

手持ちの装身具を総動員して、合わせるものを決める。侍女たちが選び出したのは、身につけることはないと思っていたイーヴァからの贈り物だった。大ぶりな金の首飾りがずっしりとリティシアの肩にかかる。耳にかかる重さもいつもとはまるで違っていた。

「化粧も濃い目にして」

不満な顔を見せながらもリーザはリティシアの言葉に従い、いつになくきつい色で目の縁を彩った。

リティシアが馬車に乗り込んだ時、レーナルトは驚いたようだった。口を開きかけるが、リティシアのまとう雰囲気がそれを許さない。互いに口もきかない二人を乗せて、馬車が動き始める。

夜会の場に出たリティシアは笑顔を浮かべ、挨拶に来た者たちのかける白々しい賞賛の言葉を受けとめた。王が連れている以上、寵愛《ちょうあい》を失った王妃といえどおざなりに扱うことはできないのだ。それに対して自分は王妃として十分に合格点に達する行動ができている――そう思いたい。

レーナルトがリティシアから離れて他の貴族たちと話し始めたのをきっかけに、リティシアはテラスへと出た。

広間からは軽やかな音楽が流れてくる。リティシアはそれに耳を傾けながら空を見上げる。

夫と初めて顔を合わせた夜。あの夜も今と同じようにテラスに出て空を見上げていた。あの夜は明るい月が空にかかっていたけれど、今夜は曇っていて月も星も見えない。リティシアの心を代弁しているかのようだ。

「夜会にお二人でおいでになるのは久しぶりではないかしら」

「あら、陛下のお気持ちはとっくに離れているでしょう？」

リティシアがいるのに気づいているのかいないのか。隣のテラスで話している女性たちの耳障《みみざわ》りな笑い声がリティシアのところまで響いてきた。

「そうね、あんなに細くてみすぼらしいんですもの。陛下のお気持ちが離れるのも当然よね」

「そこが珍しかったのではないの？」

意地悪な言葉に耳を塞《ふさ》ぎたくなる。自分が美しくないのも、みすぼらしい容姿なのもわかっている。彼女たちに気づかれないよう、リティシアはそっと広間に戻った。

広間にはたくさんの人がいて、レーナルトがどこにいるのかもわからない。今やリティシアに話しかける者もなく、彼女は一人、大勢の人の中で浮いていた。慣れている。壁の花でいるのには。自嘲《じちょう》の笑みを口元に刻んで、リティシアは壁際を目指した。観葉植物の陰、人目につかないところにある長椅子に腰を下ろす。

「王妃――誰か王妃を探してくれ」

レーナルトが周囲の者に命じる声がするまで、リティシアはその場から動こうとはしなかった。

結局夜会にとどまったのは、礼を失しない必要最低限の時間だけだった。帰りの馬車の中でリティシアを見ようとしなかったレーナルトは、王宮に帰りつくと彼女を自分の居間へと引き入れた。

「あなたにその色は似合わない。なぜ、タミナか……リーザに相談しなかった？」

強烈なオレンジ。裾に金糸で刺繍《ししゅう》が施《ほどこ》されたそれは、リティシアには全く似合っていなかった。

「わたくしが決めました」

リティシアはまっすぐにレーナルトを見つめた。

「わたくしが、自分で、この色に決めました」

一言、一言を強調しながらリティシアは言う。

「あなたには似合わないよ、姫」

重ねられたレーナルトの台詞《セリフ》に、リティシアの中で何かが壊れた。言うつもりのなかった言葉が口から飛び出す。

「あなたに——あなたにわたくしを見てほしかったからです！」

鋭い声にレーナルトは言葉を失った。こんなリティシアは見たことがなかった。彼女はめったに感情を露《あら》わにすることはない。一瞬、レーナルトは圧倒される。

「……姫」

「わたくしの名前は『姫』ではありません！　名前すら……呼んでくださらないのですね」

肩にかけようとした手を、リティシアは激しくふり払った。

「……姫」

リティシアの顔が歪《ゆが》んだ。レーナルトは悔やむような顔をしたがもう遅い。

「最初からわかっていました……政略結婚ですもの。愛されることなんてないと、わかりきっていたはずなのに……」

リティシアの肩が震え始める。

「あまりにも優しくなさるから……わたくし……誤解して……望んでしまいました。陛下にとって必要なのは、ファルティナ王家の血を引く娘ということだけなのはわかっていましたのに」

うつむいたリティシアの頬に涙がこぼれ落ちた。

「三ヶ月……寝室を別にして三ヶ月です。このままでは、お世継ぎをもうけることはできません……ですから」

震える唇を押さえて、リティシアは言う。これだけはきちんと自分の口で彼に告げたかった。彼への想いを断ち切るためにも。

「どうぞ、お好きな女性をお召しくださいませ。わたくしは〝青《あお》の間《ま》〟に移ります」

「待ってくれ、わたしはそんなつもりでは――」

それ以上レーナルトは続けることができなかった。リティシアの表情があまりにも痛々しいものだったから。

青の間。それはレーナルトにとっては、苦い思い出の場所だった。父の愛を失った彼の母が死ぬまでの時間を過ごした部屋。そんなところにリティシアを押し込めるつもりはなかった。

「わかっています。他の女性をお召しになるから、妻としてのわたくしは必要ないと、そういうことなのでしょう？　貴族たちに疎《うと》まれているわたくしは王妃としての責務を果たすこともできません……王妃の間にいても、陛下のお役に立つことはできませんから」

そっと目元の涙を拭《ぬぐ》って、リティシアは無理に笑みを作る。

「一つでよかった。何かもう一つ、あなたのお役に立ちたかった。子をなすための道具でもよかったんです。でも、それももう望めませんから……申し訳ありませんが、王妃の地位まではお返しできません。名だけであってもわたくしが王妃である間だけは、父も国境を越えようとは思わないでしょう……ローザニアにとどまることだけは、お許しくださいませ」

レーナルトはもう一度手を伸ばして、リティシアの肩に触れようとする。リティシアは一歩引いてそれをかわした。

「わがまま――お許しください、陛下。失礼いたします」

丁寧に一礼してリティシアは立ち去る。彼はその姿を見送ることしかできなかった。

自分の部屋に戻ったリティシアは、慌ただしく侍女たちを呼び集めた。

「青の間に移ります。明日、荷物を移動して」

「青の間、ですか」

リーザは顔色を変えた。そこに移ることが何を意味しているか、彼女は知っている。

「陛下にとって重要なのは、ファルティナの王女が王妃として王宮内にいることでしょう？　わたしが王妃の間にいることじゃないわ。王妃の地位まではお返しできないけれど……」

「……妃殿下」

タミナが一歩進み出る。

「落ち着くまでマイスナート城へ行かれてはどうでしょう？　陛下が新しい女性をお迎えになるならば、周辺が騒がしくなります。目立たない馬車の手配をわたくしがいたします」

リティシアはしばらく考えてその提案を受け入れた。そしてすぐに出立することを侍女たちに告げる。慌ただしくゲルダとリュシカが荷造りを始め、リーザとタミナはリティシアの化粧を落として、彼女が礼装から旅装へと着替えるのに手を貸す。

「……ごめんなさいね」

リティシアは、二人に詫《わ》びた。

「後のことはあなたたちにおまかせするわ」

「……かしこまりました。お戻りになるまでに全てを片づけておきます」

この二人にまかせておけば間違いないのはよくわかっていた。

旅装に着替えたリティシアは、寝室へと滑り込んだ。ベッドの側の引き出しを開け、レーナルトの贈ってくれた首飾りをポケットへ滑り込ませる。これと祖母の形見である真珠の指輪だけは誰の手にも触れられたくなかった。それともう一つ。

「ねえ、あの花も入れてくれた？　リボンを巻いた花よ」

リティシアが言っているのがどの花か、侍女たちはわかっていた。

「急なお出かけなので、箱がご用意できません。移動の際に折れてしまう可能性がございます。折れないように持ち運ぶ手段の確保ができしだい、お届けいたしますから」

リーザの言葉をリティシアはしぶしぶ受け入れた。折れてしまうのは困る。

ごく短い結婚生活の中のわずか一週間。けれどリティシアにとっては最高に幸せな一週間で――それを象徴する花を壊したくはなかった。

用意された馬車は、タミナが言ったように目立たないものだった。中に王妃が乗っているなんて誰も思わないだろう。あえて護衛も付けない。

夜半静かに王宮を出た馬車は、大急ぎで夜の道を駆け抜ける。リティシアはリュシカの用意してくれた毛布に身体をくるんで、馬車の揺れに身をまかせた。そうしていても眠りにつくことはできそうもなかった。


レーナルトはいらいらと寝室を歩き回っていた。

自分はいったい何を見ていたというのだろう。リティシアは、自分を愛してくれていたというのに。自分は彼女に何を返していた？

当初考えていたように十分慈《いつく》しむこともせず、終わった恋を彼女の前で臆面《おくめん》もなく引き寄せ、広げてみせた。

贈った銀の首飾りに喜んでいた姿を思い出す。遅れてしまった誕生日の贈り物。あまりにもしばしば身につけているので、そればかり使うなと言ったこともあった。

とても気に入っているのだと、一生懸命訴えていた。そういえば、あれから彼女はあの首飾りを身につけなくなった。

彼女の言うとおり、名前で呼んだこともなかった。

名で呼ぶのが怖かった。そうしたら、彼女に惹《ひ》きつけられてしまいそうで。彼女に惹かれてしまったら、生涯一度と決めていた想いを捨て去ることになってしまう。だから最近はあえて名を口にしないように意識していた。

とにかくリティシアに詫《わ》びよう。全てはそれからだ。彼女が自分を許してくれるのならば――ではあるが。

レーナルトがそう決めた時には、日がのぼり始めていた。

「王妃――、いや、リティシアはどうした？」

朝食もそこそこに足音高くリティシアの居間に入ってみれば、そこに彼女の姿はなかった。

「昨夜のうちにご出立なさいました」

かろうじて王への礼儀は守っているものの、憮然《ぶぜん》とした表情を隠そうともしないタミナが告げる。

「出立した……だと？」

「……お急ぎでございましたから。妃殿下は、青の間にお移りになります――荷物の移動が終わるまでの間、マイスナート城でお過ごしになるとのことです」

室内に注意を払ってみると、リティシアに付いている侍女たち全てが慌ただしく行き来して、荷物をまとめていた。

「青の間だと？　そんなところには移動させない」

「……陛下」

リーザがタミナの横に立った。

「妃殿下のご決断です。……これを」

リーザが彼に差し出したのは、結婚を機にリティシアの持ち物となったローザニア王家に伝わる宝石箱だった。

「次にこの部屋にお入りになる方にお使いいただきたい、とのことです。ご自分には必要ないから――と」

「……彼女以外をこの部屋に入れるつもりはない」

レーナルトの低い声も侍女二人をひるませるには至らなかった。

「王妃としての責務を果たせないようにしたのはどなたですか？」

胸の前に宝石箱をかかげたまま、リーザは言った。

「王妃として認めないという扱いをなさったのはどなたですか？」

タミナの鋭い声がレーナルトの耳に突き刺さる。

「近頃――貴族たちの間で王妃様がどのように呼ばれているか、気づいていらっしゃらないのですか？『お茶をいれるしか能のない王妃』……そう呼ばれたら、陛下はどうお感じになりますか？」

そこまで侮蔑《ぶべつ》的な名前でリティシアが呼ばれているなんて、想像したこともなかった。頼る相手もいない異国で、そんな風に呼ばれて――リティシアはどれだけ傷ついたのだろう。本来なら、彼がかばってやるべきだったのだ。

「ああ、ちょっと待って！」

タミナがふいに身を翻《ひるがえ》して、若い侍女を呼びとめた。花瓶を胸の前に抱《かか》えている。

「それはあちらに送るものだから。木の箱を探してきてちょうだい」

タミナが若い侍女から受け取った花瓶には、枯れた花が挿されていた。茎に結ばれた淡い黄色のリボンがレーナルトの目に飛び込んでくる。

「枯れた花などどうするのか？」

「妃殿下にとっては大切なものなのですよ、陛下」

タミナの手が、そっと枯れた薔薇に触れた。

「海辺の――クーベキュアル城からお戻りになった時にお持ちになっていたものです」

鮮やかな青い海を背景にした薔薇園が、瞬時にレーナルトの脳裏に浮かんだ。似合うと言われて頬を染めていたリティシアの表情がよみがえって、胸がずきりとする。

彼にとっては、たいしたことではなかった。思いつきでその場で切り取らせただけのもの。それをリティシアはこんなに大切にとっておいた。その事実が彼の心を抉《えぐ》る。

「わたしは――なんてことを――」

そんな彼に侍女たちは辛辣《しんらつ》だった。

「陛下にとっては、どなたでも同じことではないのですか？　妃殿下でなくとも、お好きな女性をお召しになればよろしいのです」

「妃殿下とのことは、離縁《りえん》なさらなければ体面は保てますし、問題ありません」

王を恐れることなく、二人は厳しい言葉を投げつける。

「……他の女を召し出す予定はない。離縁するつもりもない」

レーナルトの低い声も、侍女たちを納得させるにはいたらなかった。

「ではなぜ、不穏な噂《うわさ》をとめないのです？」

タミナの言葉には遠慮がない。思わず彼は苦笑する。

役人として王宮に出仕していた彼女たちに王妃付きの侍女への転向を命じた時、二人とも返事を渋《しぶ》った。王妃に付くとなれば、王家の権力争いに巻き込まれることになりかねない――それが二人をためらわせた理由だった。

彼女たちに転向を命じた時には、王妃になるのはリティシアの予定ではなかったし、まさかここまで彼女に忠義を尽くすようになっているとは予想もしていなかった。

「大変苦労させられましたわ、あの方には」

リーザはリティシアの机に近づいた。そこに宝石箱を置き、代わりにそこにあったノートの山から一冊取り上げる。

「本当に物覚えがよろしくなくて――。一度では覚えられないから、とずっと記録を取っておられました」

レーナルトはリーザの差し出したノートを開いてみた。丁寧な細かい文字が並んでいる。それは、リティシアが記したものだった。貴族の名前、家族構成、本人はもちろん先祖の功績まで。いつの茶会に招待したか、どこの夜会で会ったか――その時話題にあがったのは何か。

「この記録は……」

レーナルトは言葉を失う。ここへ来てから一年とたっていないのに、彼女の作った記録はあまりにも膨大な量だった。レーナルトの脳裏に、いつかのリティシアの言葉がよぎった。

「わたくしは……あなたにふさわしい妻でしょうか？」

そう問いかけた彼女は、レーナルトの返事に本当に嬉しそうな顔をして――そうだ、あの時初めて彼女の方から唇を重ねてきたのだった。なぜ、もっと大切にできなかった。

レーナルトは、主を失った机を見つめる。淡い色のドレスをまとったリティシアが、考え込みながらペンを走らせている光景が見えるような気がした。

「わたしは……」

彼はノートを机に戻して嘆息《たんそく》する。こんなことをしている場合ではない。一刻も早くリティシアを呼び戻さなくては。いやいっそこの足で迎えに行こうか。

慌ただしく部屋を出ようとするレーナルトの前に、胸元に花瓶を抱《かか》えたままのタミナが立ち塞《ふさ》がる。

「陛下……今、妃殿下を呼び戻すのはお控えいただきますよう」

「王をとめようというのか」

レーナルトの表情が歪《ゆが》んだ。その気になれば、口実をもうけて侍女の首をはねるなどたやすいことだ。それでも二人の口をとめることはできないようだった。

「先に片づけねばならぬことがたくさんあるのではありませんか？　陛下」

リーザもタミナに加勢するかのように、扉を塞ぐ位置へと立つ。

「陛下のお側に、娘を上げようとしている貴族はたくさんおります。今呼び戻したところで、娘を陛下にお仕《つか》えさせようとする者たちをとめることはできないでしょう」

レーナルトの表情が不快の色を濃くする。

「ではわたしにどうしろと？」

「皆の前で宣言してくださいませ。妃殿下以外の女性を側に置くつもりはないと」

「それと——ご病気で、療養《りょうよう》されていると」

レーナルトは額に手をあてた。侍女たちの言うことはいちいちもっともだ。今すぐ呼び戻せばまた傷つけることになる。

「わかった。そうしよう」

レーナルトは決断した。少し時間を置いた方がいいのかもしれない——彼にとっても、彼女にとっても。

「荷物は移動するな。リティシアが戻るまでそのままにしておけ」

そう命じると大きくため息をついて、レーナルトは主のいない王妃の間を後にした。

＊＊＊

マイスナート城までの旅は、馬車を使って一週間ほどかかった。その間、リティシアをとめるために王宮から追いかけてくる者はいなかった。

リティシアはほとんど黙り込んだままだった。レーナルトとの間に溝ができてからずっとそうだったけれど――食も進まなかった。

鏡を見れば、驚くほど頬のこけた自分が見返してくる。けれど――夫はそんなことにも気づいていなかった。きっと顔を見るのも嫌だったのだろう。

朝が来るのが憂鬱《ゆううつ》で、宿屋のベッドから起きあがるのにも時間がかかった。ゲルダとリュシカにうながされるままに夜着から旅行用の衣服へと着替え――洗面も髪を結うのも彼女たちまかせだった。

その朝、リティシアは宿屋の一室で、騎士の到着を待っていた。ここからマイスナート城まで護衛してくれるのだという。ノックの音とともに現れたのは、騎士団長を務める初老の男だった。グエンと名乗った彼は、丁寧に一礼する。

「お母様とよく似ておいでで驚きました」

人がよさそうな笑顔だった。この男が戦地を駆けるところなど想像もできない。

「そんなことないわ」

リティシアの母であるティーリスは、若い頃はその美貌で知られていた。リティシアと兄は父親似、ヘルミーナは母親似だ。美しい母に似たかったと、何度望んだかわからない。

「いえ、よく似ておいでです――こんなにお美しい方をお迎えできることを心から嬉しく思います」

リティシアは膝をついた彼に手をまかせた。唇が手の甲をかすめる。

「かつてはお母様もよくこの城にいらっしゃったのですよ。妃殿下がお育ちになったお城ほど大きくはございませんが――中は妃殿下好みになっているはずです。最近赴任《ふにん》してきた若い騎士が全面的に模様替えしましたから」

そう言って、グエンはリティシアを馬車へと誘導する。その動作の一つ一つはリティシアが驚くほど洗練されていて、長年田舎の小さな城にこもっていた人物とは思えなかった。

マイスナートの城は、瀟洒《しょうしゃ》な建物だった。だが攻められたらひとたまりもないだろう。この城に所属している騎士の数は多くない。せいぜい二十というところだ。元々この城を守り抜くことは想定されていないし、いざという時にリティシアや他の滞在者を脱出させられる人数さえいれば十分だ。

自分の領地といっても、リティシアはこの城を訪れたことはなかった。彼女が住んでいた都から少し距離があったし、風光明媚《ふうこうめいび》な場所というわけでもない。リティシア個人の領地になったのは結婚直前のことだし、訪れる理由はなかった。

いずれ自分好みの家具を入れたり改築したりしようとは思っていたけれど、そんな余裕もないままここに来ることになってしまった。半ば葉を落とした木を見上げて、リティシアは小さく息を吐いた。北にあるこの地は、夏の名残をまだ残しているローザニアの王宮とは違って、完全に秋になっていた。

城の前に騎士たちが並んでリティシアを待ちかまえていた。リティシアが馬車を降りると、全員が膝をついて王妃への礼をとる。歓迎――されているのだろうか。

リティシアはとっさに見慣れた暗い茶色の頭を探す。居並ぶ騎士たちの末席に彼を発見して、ひっそりと安堵《あんど》の息をついた。

「陛下からの使者がお待ちです、妃殿下」

馬車から降りるのに手を貸してくれたグエンが言う。

リティシアたちの旅は遅々としたものだった。馬車の旅だし、リティシアがしょっちゅう気分を悪くしたものだから休憩の回数も多かった。そのためレーナルトの出した使いの方が先に到着してしまったようである。

「……今すぐ会わなければならないかしら」

「妃殿下のお気持ちしだいですが――二日前からお待ちしております」

二日待っているとグエンに言われてしまえば、すぐに会わなければならない気がする。

「……会うわ。適当な部屋を用意してくれる？」

グエンはリティシアに代わってマイスナート領を管轄《かんかつ》している人物でもあった。彼が用意させた一室で、リティシアはレーナルトの使者と対面した。

「陛下からの書状でございます」

使者は丁寧な姿勢を崩さない。リティシアは、受け取った手紙に目を通す。

そこにはリティシア以外の女性を側に置くつもりはないということと、リティシアを大切にしたいと思っていること、青の間ではなく王妃の間を開けて待っていること——詫《わ》びの言葉とともにそう記されていた。急がないから、ゆっくり休んでほしい——とも。

これが彼の最大の誠意かつ譲歩なのはわかっている。ただちに帰るべきなのだろう、本来なら。

ひとまず使者には一室を与えて休ませ、リティシアは手紙を持って自分の部屋へと入る。ゲルダとリュシカもリティシアに続いた。

「やっぱり空の色が違いますねぇ」

リュシカは窓の外を見て、そんな感想をもらす。

「どこか寒い青って感じがしませんか？」

「くだらないおしゃべりはやめなさい」

ゲルダは荷物を解き始めていた。叱られたリュシカもゲルダを手伝い始める。その様子を横目で見て、リティシアはため息をついた。

「ゲルダ——お返事はどうしたらいいと思う？」

「陛下はなんと？」

リティシアは手紙に視線を落とす。しばらく考えて、決意を固めた。

「お時間をくださいーーと書くわ」

今は帰れない。帰る勇気がない。宮中に戻れば、また貴族たちの厳しい視線にさらされることになるだろう。レーナルトのリティシアに対する感情は皆が知っているところだ。

結婚したばかりの頃のようにリティシアを丁重に扱ってくれたとしても、離れた彼らの気持ちは戻ってこないだろう。

ローザニアの王妃にはふさわしくないとひそひそ声でささやき、王妃の責務を果たすべくリティシアが茶会や晩餐会《ばんさんかい》の招待状を出せば、欠席の返事をよこすのだ。そんなことには耐えられそうもない。少しだけ、休む時間が欲しかった。

レーナルトの使者に持たせる返事を書いた。時間をかけてゆっくりと、丁寧に書状をしたため、それを使者に手渡す。だが今から出発しては、一番近くの町に着く前に夜になってしまうだろう。もう一晩滞在するようにと命じて、リティシアは使者を下がらせた。


「少し、歩いてくるわ。供はいらない。一人で歩きたいの」

付いてくると言う侍女たちを部屋に残し、リティシアは階段を下りた。下りた先、すぐそこは厨《ちゅう》房《ぼう》だ。夕食用のパンを焼くいい香りが漂っている。

今度は階段を上っていき、屋上へと出る。髪を乱す風は冷たくなり始めていた。

屋上に立ったリティシアは、空を見上げる。先ほどリュシカが言っていたように、ここの空は故郷の空に近い色だ。リティシアの婚姻《こんいん》とともに、ローザニアの一部とはなっているが、やはり違う。中空にかかる太陽も、ローウィーナの王宮から見ていたのとは違って、どこか寂しげにリティシアの目には映った。

屋上の端まで進んでリティシアは石壁にもたれかかる。愛される妻になれないのはわかっていた。最初に彼が、愛する女性がいるのだときっぱり告げてくれたから。

ならば、せめて彼にふさわしい王妃になろうと思った。歴史、地理、経済、風俗、礼儀作法。ありとあらゆる本を図書室から持ち出し、家庭教師も呼んで、必死にローザニアについて学んだ。学んでも、学んでも、要領のよくないリティシアはそれらを身につけることができなくて。

貴族たちの面談、会食。晩餐会《ばんさんかい》に舞踏会。めまぐるしい日々の中で、少しでも知識を増やそうとすればするほど、夫が遠くなっていくような気がした。

ローザニアの輝かしい太陽。リティシアにはとうてい手の届かない相手。ともに人生を歩みたいと望むことさえ分不相応だったのだろうか。彼の信頼を得ることもできなかった。今だってリティシアを呼び戻そうとしているのは罪悪感からでしかないだろう。

リティシアは手を伸ばす。空の太陽をその手につかもうとするかのように。

「危ない！」

急に背後から抱きしめられた。悲鳴をあげかけたリティシアは、その声の主がコンラートであることに気づき、そのまま身をまかせる。

「気をつけてください。崩れたらどうするんですか？　一応手入れはしていますが」

コンラートはゆっくりとリティシアを城内への出入り口まで引き戻した。

「何を心配しているの？　あんなに頑丈なのに、崩れるはずないでしょう？」

リティシアは、コンラートの腕の中で身じろぎする。彼の腕の中にいるのは落ち着かなかった。

「……飛んでいきそうに見えたんですよ。気のせいでよかった」

「……飛んでいくって……身を投げるとでも思ったの？」

彼の沈黙が何よりの答えで、リティシアは苦笑いするしかなかった。

「大丈夫。そんなことにはならないわ」

ここへ至るまで、何度も考えた。レーナルトの愛する人になることは最初から無理だった。せめて子を産む道具にと望んでも、彼はリティシアに手を触れることさえ拒《こば》むようになった。

けれど。

「わたしが、ローザニアにいる限り……北の国境は安定するのでしょう？　消えてなくなりたいと思ったりもしたけど……でも、まだできることがあるから」

この国に身を置く——それが、レーナルトのためにリティシアができるただ一つのこと。

コンラートを見上げて、リティシアは笑みを作ってみせる。その表情があまりにも切なくて、コンラートはリティシアを抱きしめる腕に思わず力をこめた。

「思っていたよりも時間がかかりましたね。先日お会いした時は、俺の見立てでは、あとひと月といったところでしたが——そんなに我慢することなかったんですよ」

リティシアを抱きしめたまま、コンラートはささやく。コンラートのいたわりの言葉が嬉しくて、リティシアは彼の胸に身をゆだねる。小さな声でたずねた。

「……わたし、そんなに不幸そうな顔をしていた？」

「不幸そう――というよりは、ここにいていいのかという顔をしていましたよ」

リティシアは黙り込んだ。

「あそこが自分の居場所なのか迷っていらっしゃったのでは？」

「……嫌みなくらいぴったりな言葉を選ぶのね、あなたは」

リティシアのため息に、コンラートは笑った。その声は、リティシアの耳に心地よく響く。

「何年あなたの側にいたと思っているんですか？　お見通しですよ、あなたの考えていることなんか」

そう、コンラートの言葉はあまりにも的確だった。レーナルトの腕の中にいても孤独を癒やすことはできなくて――彼に何とも思われていないのを知ってしまったから。本当にここにいていいのかと考えずにはいられなかった。

姉の陰に隠れていた頃のように、自分は必要とされていない存在なのではないかと――そんなことばかり考えていた。

リティシアの眉が寄る。

「その顔はずるいですよ、リティシア様」

「ずるい？」

「ずるいです」

息がかかるほどに顔を近づけて、コンラートは続ける。

「そんな風に瞳を潤ませたら――誰だってあなたを守らなければという想いに駆《か》られるでしょう」

「そ……そうかしら？」

自分がどんな表情をしているのかという自覚などリティシアにはない。

「そのいい例がここにいますよ」

瞳をのぞきこんだまま、コンラートは続ける。

「初めて会ったのはあなたが七歳の時でしたね。ヘルミーナ様の後ろに隠れるようにして、俺を見ていました」

「……そうね、どきどきしていたわ。騎士が付くなんて初めてだったもの」

リティシアはその日のことを覚えていた。

護衛の騎士が付くと聞いて――実際には遊び相手兼任の見習い騎士だったのだけれど――王族として一人前と認められたのだと胸を膨らませて姉とともにコンラートと顔を合わせたのだった。

あの日自分が何を着ていたのかまで思い出すことができる。白いレースの襟《えり》がついた紺のドレスだった。靴が小さくなりかけていて、きつかったという記憶までよみがえってくる。

「子どもの騎士が付いたので、がっかりなさったのではないですか？」

「そんなことないわ」

初めて顔を合わせた時、焦りながらリティシアの手を取った二歳年上の少年。日の光を受けて輝く鎧がまぶしく、物語から抜け出した騎士が目の前にいるようでどきどきした。リティシアが二人の身分の差に気がつかなかったら、あれが初恋になったのかもしれない。

兄と姉をのぞいたら、一番近くにいてくれたのは彼だった。リティシアが国を発《た》ったあの時までは。

「また、そんな顔をなさる」

苦笑混じりにつぶやいて、コンラートはリティシアから目をそらす。

「そんな顔って言われても」

「とにかく……ですよ。俺は初めてあなたと会った時から、あなたを守らねばとそう心に誓っているんです」

──甘えていいのだろうか。彼に。

リティシアの思いをくみ取ったかのように、彼はリティシアを腕から解放した。

「この城には二十名ほどの騎士がいます。お願いですから、他の連中にはその顔を見せないでください」

「だからその顔って……そんなこと言われても困るわ」

困惑するリティシアに、コンラートは笑いかける。

「でも、その前に──泣いてもいいんですよ？　ここにいるのは俺だけです」

リティシアは目を丸くする。

嫁《とつ》いでから泣きたいと思ったことは数えきれないほどあった。

リティシアを抱いた後、夢の世界に転がり落ちた夫の口から、他の女性の名前がこぼれ落ちるたびに唇を噛みしめた。

自分が役立たずだと思い知らされるたびに、瞼《まぶた》をきつく閉じて涙をこらえてきた。

侍女たちの前で涙を見せれば、夫への不信感をつのらせることになる。誰が味方かもわからないから、友人を作ることもできなかった。ようやく心をゆるめてもいい場所にたどり着いたのだとリティシアは知る。

「肩にしますか？　胸にしますか？　あなたの泣く場所くらい提供できますよ」

歪《ゆが》みかけたリティシアの表情がほころんだ。

「そう――あなたは、笑っていればいいんですよ。さて、そろそろ俺は行きます」

コンラートは、リティシアに手をさしのべた。リティシアはその手に、ごく自然に自分の手を重ねた。

＊＊＊

執務室にいるレーナルトの前には、大量の書類が積まれている。彼は一番上にあった一枚を取り、目を通して署名した。

「陛下――」

宰相《さいしょう》のアーネストが、遠慮がちに声をかける。

「やはり愛妾《あいしょう》をお持ちになるつもりは、ございませんか」

「くどいぞ」

レーナルトは、署名した書類を宰相《さいしょう》の方へと押しやる。三日前、彼は貴族たちに王妃以外の女性を側に置くつもりはないと宣言した。

以来、彼の意を変えようとこっそり訪問してくる客は後を絶たない。昨夜など、寝室にまで押しかけてきた者がいたほどだ。

「リティシアに不満でもあるのか？　国を傾けるほどの浪費家というわけでもあるまい？」

レーナルトは、嫁《とつ》いできてからのリティシアに関する出費の記録を宰相の方へと差し出す。

「婚礼の衣装を作ったといっても、彼女に与えた年間の予算の半分にも満たないではないか。彼女の出費は、来年以降はもっと少なくなるだろう」

リティシアはレーナルトに何一つねだらなかった。靴もドレスも宝石も。たまに彼が欲しいものはないかとたずねても、今のままで十分だと柔らかな笑みを返すだけだった。

彼の知らないところで、枯れた花を思い出だからと居間に飾り、遅れた誕生日の贈り物を喜んで身につけていた。気持ちもこめずにアルトゥスに選ばせた品も全て大切に寝室にしまいこんで。

ともに過ごす時間が欲しいとさえ言わなかった。午後の一時間と、たまの夕食、それに寝室で過ごす夜だけが二人がともに過ごす時間。寝室で会話もそこそこに彼女を組み敷いても、文句一つ口にしなかった。

彼女はいつもつつましやかで——いなくなって初めてそれに気づかされる。

「不満というほどでは……しかし、妃殿下はお身体が弱くていらっしゃるようですし」

嫁いですぐ発熱したこと。夏には別荘で過ごしたこと、そして今再び療養《りょうよう》に出たことを宰相は指摘する。これでは世継ぎは望めないのではないか、と。

「あちらの国とは食事も気候も違う。慣れるまではそういうこともあるだろう」

それに――とレーナルトは続ける。

「わたしが無理をさせていたのだ……戻ってきたらそんなことはさせない」

『わたしが』と強調したことに、彼の決意が固いのを見てとったアーネストは、ため息混じりに頭《こうべ》を垂れる。

「それでは、改めてそのように通達しておきましょう……しかしながら陛下。いつまでもこの状態を続けるわけにはいきません。そのことはお心におとめおきくださいますよう」

そう警告して、宰相は執務室を出ていく。ペンを片手に彼の姿を見送ると、レーナルトはもう一度書類の山を崩し始めた。


執務を終えた真夜中過ぎ。レーナルトはリティシアの私室にいた。

リティシア付きの侍女、タミナとリーザはまだ王宮内にとどまっているが、彼がリティシアの部屋へ入っても呼ばない限り近づこうとはしない。

レーナルトは、リティシアの机に近づいて椅子を引く。広げたのは、彼女が嫁いできてからずっとつけていた記録。彼が存在すら知らなかった記録。丹念につけられた記録の一つ一つが、居間中に積み上げられた書物一山一山が、彼女がこの国になじむためにどれだけ努力を重ねていたのかをレーナルトに突きつけてくる。

「あなたにふさわしい妻でしょうか？」

自分に自信のなかったリティシアは何度も彼に問いかけて、彼があたりさわりのない答えを返すたびにほっとしたような笑顔を見せた。

彼は彼女の努力を知っている……知っていたつもりだった。でもまさかこれほどとは思わなくて。

彼女の見せた様々な表情を、思い出しながらレーナルトはページを繰《く》る。

彼の口づけに頬を染めて、遠慮がちに背中に腕を回してきたリティシア。

寝室ではない場所で身体に指を這わせる彼を小さな声でたしなめて、寝室へ行こうという彼の言葉には、恥ずかしそうに黙ったままうなずいて。寝室で彼に抱かれた後は、肌を見せないようにしながら夜着を身につける。それから彼に腕を引かれて、ようやく身を寄せてくる。

遠慮がちに目元だけで微笑《ほほえ》んでみせるのがあまりにも愛らしくて、結んだばかりの夜着の紐《ひも》をもう一度解いたこともあった。

いつまでも『姫』などと呼ぶつもりはなかった。初めての夜、リティシアがあまりにも緊張していたものだから、ついそれまでどおりに呼んでしまった。そのまま朝を迎えて、きっかけを失ったままだ。何度も名で呼ぼうとしたのに、日がたつにつれて今度は照れくささの方が先にたつようになり——彼女に惹《ひ》かれ始めていると自覚してからは、意識して名で呼ばないようにした。

自分は何を見ていたのだろう。

もっと早く歩み寄るべきだったのだ。リティシアを寝室に呼ばなくなって三ヶ月。何度も彼女の寝室へ通じる扉の前に立った。扉を叩こうとした手を、何度も上げては下ろし——

認めたくなかった。

十年以上愛し続けた女性から、あっさりリティシアへと気持ちが移りつつあることを。本音を見せてくれないのは不満だったけれど、余計なことを口にしない彼女が側にいると安らいだ。愛することはできないけれど、大切にすると誓ったはずだったのに。

最後にひどい抱き方をした。

それから後は、うかつに触れればもっと彼女を傷つけてしまいそうで、それが怖かった。レーナルトの寵《ちょう》を失ったリティシアから急速に貴族たちが離れていくのがわかっていても、リティシアと正面から向き合うことをしなかった。

臆病者だ。自分は。

彼女が追いつめられているのがわかっていても、何もしようとはしなかった。

リティシアがあの騎士を愛していると思っていたから、何も言えなかった。もっと早く自分の気持ちを伝えていたら、今も彼女は彼の隣にいてくれただろうか。

ままごと道具のような可愛らしい茶器を操って、彼のためにおいしいお茶をいれて。長椅子で押し倒したら、顔を真っ赤にして逃げ出そうとしながら——彼を叱りつけてくれただろうか。

ため息をついて、レーナルトはリティシアへの手紙を書き始める。同じ返事しか来ないことがわかっていても、書かずにはいられなかった。そこに愛の言葉を記すことはできない——それは直接会って彼の口から伝えなければならないことだ。

だが、それを聞いてもなお、彼女が彼とは別の道を歩むと言ったら、彼はとめることなどできないだろう。

＊　＊　＊

マイスナート城に到着して一週間。リティシアは、屋上で空を眺める以外はほとんど部屋に閉じこもる日々を過ごしていた。あいかわらずよく眠れない。食欲もない。

何かしなくては――とは思うものの、窓際に置いた椅子に腰かけたまま一日が終わってしまう。思い出すのは夫のことばかり。

太陽が位置を変える以外にほとんど変わることのない窓の外の景色を眺めながら、リティシアはもう少し深く椅子に身を沈める。

彼にもらった花はまだ届かない。催促《さいそく》しようかとも思ったのだけれど――戻らないと宣言するような気がしてしまって、頼めずにいる。

はぁっと大きく息をつく。今でも夫が恋しいなんて、笑わずにはいられない。

嫁《とつ》いだ時から彼の心は違う女性にあって――リティシアのことを見てくれることはなかった。彼の与えてくれる快感に身を震わせながらも、リティシアの身体をなぞる指先が、違う人を求めているのにも気づいていた。

彼の与えてくれる優しさだけを受け入れて、それ以上望まなければよかったのに。そうしたらきっと、まだ彼の側にいることができた。離れてもなお、後悔という名の鎖がリティシアの胸を縛りつけている。


レーナルトからの手紙は、三日に一度の割合でリティシアのもとへと届けられる。

「どうなさいました？」

受け取った手紙をもとのようにたたんで箱の中にしまいこむリティシアに、ゲルダはたずねる。

「……陛下はお優しいわ」

今受け取ったばかりの文面をリティシアは思い返す。勝手に王宮を出て、王妃としての責務を放り出したリティシアを責めるような言葉は一つもなかった。

「……でも。帰りたくないわ」

レーナルトが、リティシアを一人の人間としてきちんと向かい合おうとしてくれていることは、文面から伝わってくるのだけれど。まだ決心がつかない。レーナルトの隣へ戻るのには勇気が必要だった。

周囲の期待が、兄や姉だけに向けられていた頃。世界は灰色に見えていた。未来への希望なんて何一つなく、いつか持ってこられるであろう縁談を待つだけの日々。

彼が彼女の手を取ってくれた時、初めて世界に色がついたような気がした。世界はこんなに鮮やかだったのかと驚いた。

レーナルトがリティシアを選んでくれて、リティシアの世界に色を運んでくれたから——だから彼にふさわしい妻になりたかった。

親に期待されていなかったから、必要なことを学んでこなかった。埋め合わせるために、予定の合間に必死にやりくりして時間を作って。それでもリティシアがそうありたいと思う姿にはなかなか届かなかった。

一度切れてしまった糸を、再びつなぐのは困難だ。今王宮に戻ったとしても、以前のように努力するだけの気力は、まだ戻ってきていない。

いっそ青の間でなければ戻らないと言ってみようか。そんな考えすらうかんでくる。

「リティシア様は、ため息ばかりですねぇ」

膝掛けを持ってきたリュシカは、リティシアの顔色をうかがうような口調で言った。

「そう？　そんなにため息ばかりかしら？」

「ため息ばかりですよ。心配になってしまいます」

「ごめんなさい……」

侍女にまで心配をかけてどうしようというのだろう。

「リティシア様がお元気になってくださらないと。こんな田舎まで来ているんですから」

今いるのは、田舎も田舎。周囲の村にもぽつりぽつりとしか人が住んでいないような場所だ。リュシカのような若い女性には退屈以外の何物でもないだろう。

王宮にいれば、毎日誰かしら客人を迎えていたし、夜会にもたびたび出席していた。

他の使用人たちとこっそりお茶を飲みながらおしゃべりする時間もあったし、ここにいるよりはるかに楽しかったに違いない。

「なるべく早く戻るようにするわ」

リティシアにはそう言うことしかできない。

いつまでもこうしていられないのは、リティシアにもわかっている。別居生活が長引けば長引いただけ帰りにくくなる。

「もう少しだけ、お時間をくださいってお返事するわ」

優しい手紙にそんな言葉しか返せないのは、申し訳ないけれど。でも、まだ帰れない。

リティシアはペンを取り上げ、前回と同じ内容の返信をしたため始めた。

＊　＊　＊

気がつけば、季節は冬へと移り変わろうとしていた。ひところはろくに食事を取ることもできなかったリティシアも、ようやく健康な身体を取り戻していた。

「今日はお出かけになってはいかがですか？　それほど風も冷たくありませんし」

朝食の皿を片づけながら、ゲルダが言った。

その言葉に誘われるようにリティシアは窓の外を見る。

このところ、図書室で一日を過ごすことが増えていた。この城の図書室は小さいが、政治、経済、歴史、といろいろな本が揃えられている。今さらこんなものを読んでどうしようというのだろうと自嘲《じちょう》しながらも、他に時間をつぶす方法も思いつかなかった。

今日はよく晴れているが、時には雪がちらつくこともある。天気がいい時に少し外を歩いておいた方がいいかもしれない。

防寒用のショールをきっちり巻きつけて、リティシアは外へと出た。この城はそれほど大きくはないから、庭を出ればすぐに畑が広がっている。

「これは何をとっているの？」

地面に生えた農作物を収穫している老人にリティシアはたずねた。

「蕪《かぶ》ですよ、お姫さん。鶏と一緒にシチューに入れるとうまい」

顔をくしゃっとさせた畑の主は、リティシアに地面から抜き取ったばかりの蕪を差し出す。このあたりの住人たちは、リティシアを『お姫さん』と呼ぶ。彼らの親しみの表れであるように感じて、リティシアはその呼び方を喜んで受け入れていた。『妃殿下』と呼ばれるよりずっといい。

「後でお城の方に届けますよ。今夜は冷えそうだから――熱々のシチューはきっとうまいでしょう」

こんな風に城に仕《つか》えていない人と話をすることは、今までになかったことだった。故郷にいた頃は、城の奥で過ごしていた。嫁《とつ》いできてからは人と会う機会は格段に増えたけれど、その大半は貴族たちだ。

だから、こうやって王宮の外で暮らしている人たちと話すのは新鮮だった。一度話をすると、一つ新しいことを知る。それは書物だけでは知ることのできない生きた知識でもあった。リティシアはそれを貪欲に吸収していた。王宮に戻る決心はまだついていなかったけれど。

夫からの手紙の頻度《ひんど》は、変わることはない。帰らなければ——と思うものの、レーナルトの手紙にはもう少し時間が欲しいとしか書けないでいる。

頭ではわかっている。リティシアのいるべき場所はここではないのだと。けれど、あまりにもこの場所が居心地よすぎて決心がつかない。

王宮に戻ればまた緊張を強《し》いられ、周囲の貴族たちの悪意にさらされることになる。いくら夫が守ると約束してくれたところで、一度寵《ちょう》を失った者に近づこうとする貴族はいないだろう。

このところ、レーナルトからの手紙には迎えに行ってもいいかと記されるようになっていた。その言葉が重い。それに従うのが正しいことだとわかっているから、なおさら。


畑で老人と話した翌日は寒かった。目覚めたリティシアはベッドに起き上がってリュシカを呼ぶ。返事はなかった。

「リュシカ?」

もう一度呼んでみるが、姿を見せない。代わりに現れたのはゲルダだった。

「ゲルダ、リュシカを見なかった?」

「まだ起きていないようですね」

リティシアは夜着のままベッドから床へと下り立つ。主より起きるのが遅いのは問題だ。何かあったのかもしれない。

「具合が悪いのかしら？　見てきてくれる？」

リティシアに命じられ、リュシカの部屋へと入ったゲルダは慌てた様子で戻ってきた。

「あの娘ときたら！」

ゲルダはリティシアの前に一枚の紙を差し出した。

「親の顔を見に、実家に行ってくるそうです」

ゲルダの差し出した紙には、ここからならば実家までそれほど距離はないので、一度会ってくると記されていた。

「しかたないわね。わたしが……ぐずぐずしていたから」

もっと早く気がついてやればよかったのだ。こんな何もないところで、若い女性が生活するのはあまりにも退屈だ。国境はすぐなのだし、もっと早くに実家を訪ねる機会を作ってやればよかった。そうでなければ、もっと早く王宮へ戻るべきだった。あちらにはリュシカと仲良くなった他の侍女たちもいるし、退屈はしなくて済んだだろう。

「戻ってきても、追い出してやればいいんです。勝手に出ていくなんて」

ゲルダは怒り狂っているが、リティシアはリュシカをとがめる気にはなれなかった。

「いいわ。戻ってきたら……戻ってきてくれたなら、これからもわたしのところで働いてくれるかどうか聞きましょう。無理だというのなら、相応のことはしてやって」

「リティシア様は甘いですよ」

そうゲルダは返したが、リティシアの言葉にどこかほっとしているようでもあった。

幸いなことに、ここへ持ってきている衣類は簡単なものばかりで、侍女の手を借りなくても着ることができる。一人で着替え、ゲルダに髪を結ってもらってリティシアは中庭へと出た。

今日の風はだいぶ冷たい。肩にかけたショールだけでは心許《こころもと》なくて、リティシアは身を震わせた。

リティシアの視線の先では、騎士団員たちが剣を打ち合わせている。それを立ちどまって眺めていると、稽古の手をとめて騎士団長のグエンが近づいてきた。

「侍女が行方不明だそうですが」

小さな城だけに情報が伝わるのも速い。

「行方不明ではないわ。実家に帰ったの」

「そうですか……よろしいのですか？」

「ええ、親の顔を見たら戻ってくる、と書き置きに書いてあったから」

グエンはうなずいて、稽古に戻ろうとする。その彼をリティシアは呼びとめた。

「コンラートを……その、しばらくの間借りてもかまわないかしら？」

一瞬グエンの眉が寄せられる。それから、

「コンラート！」

と、大声を出した。稽古用の剣を仲間に渡したコンラートは、大股にこちらに歩いてくる。

「少し——話を聞いてほしいの」

コンラートはグエンの方に本当にいいのかと言いたげな視線を向けたが、グエンはそんな彼をリティシアの方へと押しやった。

「行ってきなさい。お話が終わったら、すぐに戻ってくるんだぞ」

とだけ、声をかけて。


リティシアはコンラートと並んで、中庭をゆっくりと歩く。後ろの方から、剣を打ち合わせる音が響いてくる。彼の方を見ないまま、リティシアは口を開いた。

「リュシカが実家に帰ってしまったわ。このお城、わたしは居心地がいいと思っていたのだけれど……きっと退屈だったのね。もっと早く休暇をあげればよかったわ」

「休暇、ですか……」

コンラートは足をとめた。

「王宮へ戻るという選択肢はないのですか？」

リティシアの顔が歪《ゆが》んだ。

「……帰らなければいけないのはわかっているの。でも……帰らなければと思うと、足がすくんでしまうの」

リティシアは、すがる思いで彼を見つめた。コンラートが一歩踏み出してきた。

「逃げますか？」

ゆっくりとした口調でコンラートはたずねた。

「逃げ出しますか、リティシア様？」

そんなことは考えたこともなかった。

目を丸くしているリティシアの腕が引かれる。気がついた時には、リティシアはコンラートの腕に包み込まれていた。

「もし……そうしたいのなら」

耳元でコンラートはささやく。

「命じてくださない。一言命じてくだされば、俺はあなたをさらって、逃げます……どこまでも」

コンラートはリティシアを抱きしめる腕に力をこめる。

「誰も知らない国まで逃げて、俺と二人で暮らしますか？　俺が畑を耕して、あなたは家で俺を待つ。そんな暮らしはどうですか？」

コンラートの描《えが》いてくれた未来予想図は、リティシアが考えてもみたことのないものだった。国も捨てて、地位も捨てて、コンラートと二人どこまでも逃げて逃げて逃げ続けて——誰の手も届かないところまで。

そしてたどり着いた地で、二人静かに暮らす。きっとコンラートとなら穏やかな日々を過ごすことができるだろう。

「……もし……わたしが命じたら……」

夢見るような口調でリティシアはつぶやく。コンラートは身をかがめた。コンラートの口づけは、レーナルトの口づけとはまるで違った。ほんの一瞬唇をかすめた感触に、リティシアは頬を赤らめた。

「……一度だけです、リティシア様」

リティシアを腕から解放し、コンラートは詫《わ》びるように頭を下げた。

「コンラート……」

リティシアには、ただ彼の名前を呼ぶことしかできない。

コンラートは知っている。リティシアのずるさを。コンラートならば――何をしても許してくれる――リティシアがそれを知って彼に甘えていることも。

「戻りましょう。これ以上外にいては身体に毒です。俺も稽古に戻ります」

今のことなど忘れたような顔をして、コンラートが手を差し出す。リティシアは黙って自分の手を彼にゆだねた。

＊　＊　＊

リティシアからの返信の内容はいつも同じだった。彼女を気づかうレーナルトの言葉への感謝と、もう少し時間が欲しいという詫びだけが並んでいる。

毎夜リティシアの居間で彼女のノートを繰《く》るたびに、レーナルトの胸は締めつけられる。あの細い肩にどれだけの重圧を載せていたのだろう。

リティシアがいなくなってから彼女のことばかり考えている。失ったものはあまりにも大きすぎた。手紙のやり取りだけでは物足りない。

その夜何度目かのため息を吐き出して、彼はペンを取る。迎えに行ってもいいか――と書こうとして手をとめた。

手紙でやり取りしていても始まらない。きっと今回も彼女は「もう少し時間が欲しい」と書いてよこすだろう。

直接話さなければ。レーナルトは書きかけた手紙を細かく引き裂いて、くず入れに放り込んだ。

政務の都合をつけて迎えに行こう。リティシアが拒《こば》むなら……その時はその時だ。彼女の意に沿うような結論を出そう。その時こそは。

レーナルトが立ち上がりかけた時、少し慌てた様子のタミナが入ってくる。

「陛下――やはりこちらにいらしたのですね。宰相《さいしょう》閣下がお探しです。どちらにお通ししましょう？」

「……わたしの居間にしよう」

「かしこまりました。失礼いたします」

レーナルトの侍従《じじゅう》へと話を通すために、タミナは出ていく。

深夜にさしかかろうという時間帯に、宰相自らレーナルトを訪れるとは尋常ではない。よほどのことがあったのだと判断して、レーナルトは急いで自室へと戻った。

「エルディア軍が国境を越えたそうです」

待ちかまえていたアーネストは淡々と報告した。レーナルトは即時に判断をくだす。

「リア将軍を送ろう。わたしが出るまでもあるまい」

エルディア新国王の意図としては、こちらに圧力をかけることで、国内貴族たちに自身の威光を示せればそれでいいはずだ。ローザニアとエルディアが正面からぶつかり合うことにはならないだろうとレーナルトは読んでいた。即位したばかりで、大規模な戦乱になるのは先方も避けたいところだろう。

「それでよろしいでしょう。では命令書を」

アーネストが見守る中、レーナルトは慣れた手つきで命令書をしたためる。

これがローザニアとエルディアという二つの大国の戦争の始まりだった。

＊　＊　＊

戦争が始まったことなど知らないまま、リティシアは迷い続けていた。とどまるべきか戻るべきか……それともコンラートの示してくれた第三の道を行くべきか。

相談をしようにもゲルダには無理だ。彼女はコンラートを処分しろと言いかねない。それが本来あるべき形であることはリティシアにもわかっている。リュシカが戻ってくるまでには、と期限を切ってみても彼女はなかなか戻ってこなかった。これ以上は待っていられない。

夕食前リティシアは、騎士団員たちが居住している一画へと歩いていった。無造作に洗濯物が放り出されていたり、稽古用の剣が転がっていたりと、男所帯らしい雰囲気が支配している。

「コンラートはいるかしら？」

見かけた騎士に声をかけると、

「妃殿下！」

びっくりした様子で頭を下げられる。リティシアがこのあたりまで来るのは初めてだった。

「こんなむさ苦しいところまで、わざわざおいでいただくなんて」

呼ばれてやってきたコンラートは、リティシアの腕を取って中庭へと連れ出す。

「……もう暗くなっているのね」

空を見上げてリティシアはつぶやく。

太陽は西へと沈んでいて、その部分にわずかに明るい色を残してるだけだった。空の大半はきらびやかな星に飾られている。一番明るい星を探しながら、リティシアは早口に言った。

「決めたわ」

決意を伝えるまでコンラートの顔を見るのは怖くて、そちらを向くことができなかった。

「……戻るわ。なるべく早いうちに……明日にでも」

「決心されましたか」

コンラートが微笑《ほほえ》んだ気配がした。

「ええ……決めたわ。あなたが背中を押してくれたから、決めることができた」

リティシアは勇気を振り絞ってコンラートの顔を見上げる。

「あなたはわかっていて、逃げようと言ったのでしょう？」

「さあ、どうでしょう？」

コンラートははぐらかそうとする。だがリティシアはそれを許さなかった。

「いいえ——あなたはわかっていてそう言った。だって同じことが前にもあったもの。わたしが初めて舞踏会への出席を許された夜のことを覚えている？」

「……忘れることなど……できるはずないですよ」

リティシアが初めて舞踏会への出席を許されたのは十四になった日だった。会場へと足を向けた時——美しく着飾った姉を見てしまい、その場から逃げ出した。自分が会場に入っても、誰も自分を見てくれないような気がした。

いつまでたっても会場に現れないリティシアを見つけだしたのはコンラートだった。使われていない部屋に隠れていたリティシアに彼は言った。

「このまま一晩ここに隠れていますか？　それなら、厨房《ちゅうぼう》からご馳走を持ってきてさしあげますが」と。それは先日リティシアに逃げますか？　とたずねた時とまったく同じ口調だった。リティシアは考えて、考えて——結局コンラートに連れられて会場に入ったのだった。予定の時間よりだいぶ遅れていたけれども。

あの時もコンラートは逃げ道を提示しておいて、リティシアに考えさせたのだった。リティシアは自分で考えて、自分で決めた。今と同じように。

「もっとちゃんと自分の立場を考えるべきだったのよ。愛されたいなんて願うべきじゃなかった。だって政略結婚なんだもの」

連れて逃げてくれと頼んだら彼はそうしてくれるだろう。その誘惑は甘かった。けれどリティシアは自分で行くべき道を選んだ。決めさせてくれたのはコンラートだ。

「リティシア様……」

名を呼ばれたリティシアは強《し》いて口角を上げる。

「わたしがやるべきことは、王宮にいること。それが王妃の間であっても青の間であっても」

リティシアは自らに言い聞かせるようにそう言う。

レーナルトは他の女性を呼ぶつもりはないと書いてよこしたが、彼は国王だ。いずれそのような機会もあるだろう。でも、もう逃げない——そう決めたから。

「だから……ね、コンラート」

リティシアはコンラートの目を見つめる。まっすぐに。

「わたしにできることがあったら、何でも言って？　わたし……あなたに何もお返しできないから……何でも、するから」

「では……リティシア様」

コンラートは手を伸ばした。肩にこぼれているリティシアの髪を一房、すくい上げる。

「あなたの——この御髪《おぐし》の一房を」

口以上に雄弁なリティシアの瞳が、不安の色を濃くした。

「そんなもので……いいの？」

リティシアの声が震えた。

「俺にはこれで十分です。リティシア様」

すくい上げた髪に、コンラートは口づけた。

「あのまま国にいても、あなたが大貴族のもとへ嫁《とつ》がれるのをただ見ていることしかできなかったでしょう」

コンラートの指が名残惜しそうにリティシアの髪から離れていく。

「この城に来て、あなたが安らぐ場所を作ることができた」

リティシアの笑顔を毎日見て、そして腕に抱きしめることさえできた。

「あなたが笑顔でいてくれれば、俺はそれだけで報われるんです」

だから、もうそんな顔をしないでください、とコンラートは続ける。リティシアは彼への言葉を見つけることができなかった。

「リティシア様、知っていますか？」

コンラートの手が、一瞬だけリティシアの頬をかすめる。

「騎士というものは、美姫《びき》への叶わぬ恋に身を焦がすためにいるものだそうですよ」

コンラートの顔を微笑《ほほえ》みらしきものが横切った。

「団長がそう言ったんです——その人のために彼はこの城を守ってきたんだそうです。俺も団長のようになりたいと思います」

「わたしは、美姫なんかじゃないわ」

グエンが母のためにこの城を守っていたというのなら、二人の間には、切ない恋物語があったのかもしれない。コンラートはそれを知っていて、同じようにリティシアのためにこの城を守ろうというのだろうか。

コンラートはリティシアに手を差し出す。リティシアはその手に自分の手を重ねる。

これが最後の触れ合いであることを、二人とも知っていた。

コンラートはリティシアが別れ際に手渡したハンカチを、そっと机の引き出しに滑り込ませた。そこには彼のナイフを取って、リティシア自身が切り取った髪の一房が挟まれている。

あの時、彼はリティシアに何の代償も求めてはいなかった。

「何でもするから」

そう言った彼女の瞳が悲壮な決意の色に染まるのを、コンラートは黙って見つめていた。彼女は本当に何でもしただろう——たとえ彼が彼女との一夜を求めたとしても。

何も願わなければ、きっと一生彼女が気にし続けるであろうことも彼はわかっていた。だから彼女の髪をねだった。彼が一度だけページを開いたことのあるリティシアの愛読書。そこに登場する自分と同じ名の騎士が、彼女と同じ名の王女にねだったように。

彼はこれを生涯大切にすることだろう。彼の——ただ一つの想いの証《あかし》を。

感傷にひたる彼の気持ちを打ち砕くように、

「大変だ！」

廊下を走ってくる音がした。部屋にいた騎士たちがばたばたと扉を開き、廊下へと飛び出す。

「戦争になるぞ！」

声は廊下中に響きわたる。

エルディアとの戦争のことは、リティシアはともかく騎士たちには伝わっていた。それでもさほど切迫はしていなかった。この城はエルディアとの国境からは離れた場所にあるし、リティシアはエルディアとは何の関係もない人間だからだ。だが。

「ファルティナの軍勢が国境を越えたらしいぞ！」

相手がファルティナとなれば話は変わる。リティシアは王宮へ戻るのか、それとも母国へ帰るのか。いずれにしても守り抜かねばならない。


騎士団長の報告を聞いたリティシアは顔色を変えた。

「おそらくこのあたりが戦場となるでしょう」

リティシアの部屋、普段は茶器が載せられる小さなテーブルに地図が広げられている。グエンが示したのは、リティシアがいるマイスナート領からさほど離れていない場所だった。

「妃殿下は……どうなさいますか？」

「どうって？」

「王宮へお戻りになるか、ファルティナにお戻りになるか――」

リティシアは指を顎《あご》にあてて首をかしげる。

「お父様がローザニアを攻めているということは……わたしはどうなってもかまわないということなのかしら？」

グエンは言葉を失う。

「だってわたしがローザニアに嫁《とつ》いだ裏には、人質のような意味もあったわけでしょう？　友好の証と言えば聞こえはいいけれど」

「……そうかもしれません」

長い沈黙の後、騎士団長はうなずいた。

「……陛下に合わせる顔がないわ……」

嘆息《たんそく》して、リティシアはテーブルに広げられた地図を目で追う。リティシアが自分の領地にひっこんでいなければ、すぐにレーナルトと話し合うことができたはずだ。もっと早く戻っていればよかった。後悔しても遅いのだけれど。

「戦闘になるとしたら、ここね？」

リティシアの指が、先ほどグエンが指した一点を押さえた。

「はい」

「それでは、ここへ向かいます」

「……危険です」

小声でグエンは返す。

「わかっているわ。でも……」

リティシアは胸の前で両手を組み合わせる。祈りを捧げるかのように。

彼女が選べる道はそれほど多いというわけではない。

父のところへ向かったところで受け入れられる保証もない。

ローザニアに戻っても、リティシアは裏切り者だと判断され、とらわれてしまう可能性もある。

「わたしはまだ離縁《りえん》されていないのよね？」

リティシアはグエンに確認する。

「……そのとおりです」

「それなら――まずお父様と話をするわ――わたしはまだローザニア王妃なのだから」

急がなければ。

レーナルトがリティシアを離縁すると決めたなら、リティシアの存在価値はなくなってしまう。けれど、まだリティシアはローザニア王妃だ。今はそれを最大限利用するしかない。

「大人数の供はけっこうよ――少人数で。目立たず行動できる方法を考えてくれる？」

リティシアはグエンに頼む。人数が多いと目立ちすぎる。

「戦争を起こすわけにはいかないわ。わたしに何ができるかわからないけれど、とにかくお父様と話をするわ――ゲルダ！」

リティシアは侍女を呼んだ。

「あなたはここに残って。危険だもの……何かあったら、下手に動かないで……安全になってから、ファルティナへ戻ってちょうだい。あなたの家族は、城下町に住んでいるのでしょう？」

「リティシア様、わたくし一人ここに残るわけには」

ゲルダはリティシアに同行しようとした。リュシカもいない今、リティシアの身の回りの世話ができるのは彼女だけだ。

「だめよ、危なすぎるもの」

やんわりとゲルダを制し、リティシアはドレスの裾を翻《ひるがえ》して立ち上がる。

信じるしかない。父がリティシアを迎え入れてくれると。

闇に紛れるようにして、リティシアはマイスナート城を出た。

＊＊＊

執務室でレーナルトは、宰相《さいしょう》の報告を聞いた。自分の顔が、表情を失っていくのがわかる。ファルティィナ軍が国境を越えたらしい。今のところは国境の警備隊で対応できているが、援軍を送らなければならないだろう。

報告を終えたアーネストは、レーナルトが予測していた提案の中でも最悪のものを真っ先に突きつけてきた。

「妃殿下を離縁《りえん》なさってください。先方が先に誓約を破ったのです」

アーネストの言葉に、レーナルトは机に両手を打ちつけた。

「わたしは離縁するつもりなどない！」

ようやく気づいたのだ。彼女が彼の心に何を与えてくれたのかを。

「妃殿下が療養《りょうよう》へ行かれてどのくらいになられます？　マイスナートからならばファルティィナへの脱出も容易でしょう」

宰相は、レーナルトの激情にはかまわずたたみかける。

「あの方は以前から、ファルティィナ国王と示し合わせていたのでは？　そうでなければ、もっと早く王宮に戻っていらしたはずです」

レーナルトが何度も使者を出していたのを、宰相は知っていた。

「リティシアがそのようなことをするはずがない」

レーナルトの言葉に、アーネストは深々とため息をつく。

「とにかくお話をうかがうことにしましょう。一刻も早くお戻りいただきますよう、陛下からお命じください」

「……それを拒《こば》んだ時は？」

「ファルティナ王国と妃殿下は通じていたと判断させていただきます。その時は離縁してくださいますよう」

「……わかった」

レーナルトはペンを取り上げた。リティシアに向けて王宮へ戻るようにとの正式の通告を記す。

「これをすぐに届けてくれ」

「かしこまりました」

うやうやしく頭を下げて退出しようとする宰相をレーナルトは呼びとめた。

「それとわたしも出陣する。そのつもりで軍の編成を」

「国境へ向かわれるのですか？」

「なるべく早急に、だ。場合によってはファルティナ側と直接話をしなければならないかもしれないからな」

国王自らの出陣は賛成できないという口ぶりのアーネストを無視して、レーナルトは侍従長《じじゅうちょう》のアルトゥスを呼ぶ。出陣の支度をさせるために。

翌朝から出陣の準備が始められた。

リティシアへと送られた使者を待つ間に準備は着々と進められる。通常は往復で二週間ほどかかる道のりを、使者は十日で戻ってきた。

「妃殿下は、出立なさいました……いいえ、ファルティナ王国へは戻られていません」

いらいらと歩き回るレーナルトの前に膝をついて、使者は知る限りのことを報告する。

「侍女のゲルダの話によれば、戦場になるであろうと予想される場所へと向かわれたそうです」

「戦場……だと」

レーナルトの顔が強張《こわば》った。リティシアの連れている護衛はそれほどの人数ではないはずだ。マイスナート城にいた騎士の人数は二十名そこそこ。

戦場が近くにあるとなれば、近隣の治安も悪くなる。護衛がついていたとしても、リティシアを守りきることができるかどうか。なぜ誰もリティシアをとめなかったのだろう。

「王妃を保護せよ！」

レーナルトはそう命じる。リティシアを見つけだすべく国境へと大急ぎで新たな使者が走らされ、それに続くようにして兵士たちも出陣していく。

レーナルトが王宮を発《た》ったのは、それを見届けてからのことだった。

第五章

風が吹きつける。髪を風になぶられてリティシアは目を細める。

「ファルティナの陣は……あれね」

リティシアは少し先に張られたいくつもの天幕を見てそう言った。彼女は城にいた少年の服を借り、髪を首の後ろに束《たば》ねて騎士見習いの少年を装っていた。

慌ただしく領地を発《た》ってから五日。馬車より馬の方が速いからと馬に乗ったまではよかったが、ここまでの道のりは厳しいものだった。

リティシアも馬に乗れないわけではないが、あくまでも趣味の一つでしかない。騎士たちについていくのがやっとで、彼女の腕では馬を操れないような危険な場所はグエンやコンラートに同乗させてもらい、あるいは馬を下りて自分の足で歩き、そうしてようやくここまでたどり着いた。

「ローザニア王妃——ファルティナ第二王女のリティシアです。指令官に会わせてください」

リティシアたちに誰何《すいか》の声をかけてきた兵士にリティシアは告げる。リティシアが身につけているのは少年の服だし、従っているのはわずか四名。

怪しんだ兵士は仲間を呼んで、リティシアたちを詰め所として使っている天幕へと連行した。

追い払われなかったのはリティシアが差し出した紋章入りの指輪が本物か否《いな》か、一兵士の彼には判断できなかったからだ。

何名かが入れ替わり立ち替わりリティシアたちの顔を確認しに天幕を訪れ、やがてリティシアの見知った顔がやってきた。

「ナディル……、お父様もこちらにいらしているの？」

最終的にやってきたのは、国王の親衛隊長を務めている男だった。もともと王宮にいたコンラートとも顔見知りである。リティシアにつきそっているグエンの後ろからコンラートが丁寧に一礼すると、ナディルは彼に視線だけを投げかけてリティシアに答えた。

「陛下はこちらにはいらしていません。一番近くの町にいらっしゃいます」

「お会いできる？」

「お連れしましょう。お会いできるのは明日以降になるかと思いますが」

馬車を用意するというナディルの言葉を拒《こば》んで、リティシアは再び馬上の人となる。父に会えると聞いてリティシアの心に緊張が走ったが、ここまで来て負けるわけにはいかない。

リティシアの父であるファルティナ国王マーリオのいる町までは、それほどの距離はなかった。

有力者の家がリティシアへと提供され、そこで一晩とどめおかれることになった。リティシアに付いてきた騎士たちにも、身体を休めることができるよう別々の部屋が与えられる。

「手伝いの者を呼びましょう。どうぞお召し替えを」

リティシアを部屋に通した屋敷の主はそう告げて、部屋を出ていった。入れ替わるようにして入ってきた若い女にリティシアは見覚えがあった。

「リュシカ……」

「申し訳ありませんでした！」

リュシカは深々と頭を下げた。

「どうして……ここに？」

思わずリティシアは声をあげる。

「実家には帰らなかったんです、リティシア様」

ぺこぺこと何度も頭を下げながら、リュシカは説明する。

望郷の念に駆られ、マイスナート城を飛び出したものの、実家に向かって旅を続けているうちにむらむらと怒りがこみ上げてきた。レーナルトのあんな仕打ちがなければ、リティシアがマイスナート城にこもることもなかったと。

都へ行って何としてでもファルティナ国王に目通りを願おう。実家へ行く前に国王にレーナルトの仕打ちを訴えるのだと決めた時、出兵してくる軍隊とすれ違った。

王も出陣したと聞きつけたリュシカは、あちこち頼み回ってなんとかマーリオに会うことができた。そのまま軍隊についてここまで来たのだという。

「それで……お父様はなんて？」

「わたしの話を聞いて、うんうんとはおっしゃっていたのですが」

何を考えているかまではわからないとリュシカは首をかしげた。

「それより……リティシア様。そのままでは、陛下とお会いしてもびっくりされてしまいます」

寒中行軍してきたため、リティシアの肌はがさがさになり、唇もひび割れてしまっている。手足の先もしもやけで真っ赤になり、腫《は》れ上がっていた。

「寒かったからですね」

湯浴《ゆあ》みを終えたリティシアの手足に、薬をすりこみながらリュシカは言う。

「なんとかしてここまで来なければならなかったんだもの」

リティシアに用意されたのは、リュシカがどこかで調達してきた女性物の服だった。いつもリティシアが着ているものほど上質ではないが、清潔で暖かい。

明日には人前に出ても恥ずかしくない程度に化粧できるようにと、顔にも唇にも薬がすりこまれた。

「わたしと一緒に来てくれた騎士たちは？」

「下の部屋でお休みですよ。皆さんお疲れみたいですね」

「そうね……」

夢中でここまで来たけれど、旅慣れないリティシアを連れてくるのは、彼らにとっては過酷な旅だったろう。

「ゆっくり休んでもらえるといいのだけれど」

リティシアは窓から外を見下ろす。逃げ出すつもりなどないのに、家の周囲は兵士たちによって厳重に警戒されていた。

一晩たっても、面会の許可はおりなかった。いらいらとリティシアは与えられた部屋の中を歩き回る。部屋から外に出ようとすれば、扉の前で見張っている兵士たちにとめられてしまう。

「どういうことなの……？　部屋から出られないなんて」

リュシカだけは用を足すために屋敷内をあちこち動き回っているのだが、彼女も屋敷から外へは出してもらえないのだという。

「わかりません。でも、きっとすぐにお話をするお時間がとれますよ」

リュシカがそう慰めてくれても、リティシアの不安はつのる一方だった。

二日ほど軟禁状態が続いた後、ようやく父との再会が許された。与えられた衣装を総動員して、なんとか王へ謁見《えっけん》しても恥ずかしくない体裁を整える。

「……これをつけてくれる？」

リティシアが取り出したのは、レーナルトから贈られた銀の首飾りだった。マイスナート城を発《た》つ時も胸にしのばせて持ってきた。これがあるだけで、心が強く持てるような気がする。

鏡に映った自分を見て、リティシアは何度もうなずく。

大丈夫――何を言われても乗りきってみせる。

意識して背筋を伸ばす。忘れてはならない。今のリティシアはマーリオの娘というだけではなく、ローザニアの王妃でもあるのだ。恥ずかしくないようにふるまわなければと何度も自分に言い聞かせて、指示された部屋へと向かう。

「お久しぶりです……お父様」

「久しぶりだな」

最後に父親と顔を合わせたのは、一年近く前になる。リティシアがローザニアへ向けて出発したあの日が最後。

どう話を切りだそう――父親を目の前にして何を言えばいいのかわからないまま、それでもリティシアは口を開こうとした。それを制して、先にマーリオが話し始める。

「ひとまず座れ。それとローザニアの生活はどうだ？」

リティシアは父親を見つめた。それから立ったまま、ゆっくりと答える。自信に満ち溢れている表情ができているようにと願いながら。

「いたって快適です。レーナルト様もよくしてくださいますし、気候もファルティナと比較すれば温暖ですので」

「そうか」

リティシアの顔を見て、父はにやりとした。

「わたしの聞いている話とは違うようだな」

「そうですね。確かに体調を崩したりもしたので、他の人が見れば大変そうに思うかもしれませんね」

負けてはならない。リティシアは、目をそらすことなくまっすぐに父の目を見つめ返す。

「長期の療養《りょうよう》に出たいと言った時も、レーナルト様は嫌な顔一つされませんでした。わたしのことを気づかってくださることはあっても」

「そうかそうか」

リティシアの話を聞いているのかいないのか、マーリオはふむふむとうなずきながら顎《あご》に手をやる。

「なぜ、国境を越えられたのです？」

リティシアは父を問いただした。

「ローザニアとエルディアとの国境で戦争が起こっているのは知っているな？」

「……ええ」

マイスナート城にいた頃は知らなかったが、ここに来るまでの道のりでグエンが教えてくれた。国境で二国がぶつかり合っている、と。

「我が国とイシュティナ王国のファウルス殿とオリヴィエラ王国のユニウス殿との間で協定が成立した」

イシュティナ王国とオリヴィエラ王国は、リティシアの国同様ローザニアの北方に位置している国だ。両国とも内陸部にあり、ファルティナを経由して交易を行っている。そしてやはりファルティナと同じく穏やかな南の海に面した交易路を欲している国でもあった。過去の戦争においては、裏からファルティナを援助していたこともある。

椅子にかけようとしない娘にはかまわず、マーリオは続けた。

「季節は冬。ローザニアの兵士は冬には弱い。我々とは違ってな。今なら三国同時に攻め入れば確実に勝利がおさめられるだろう」

作戦も綿密に練ってある。戦場をこの場に設定したのもそのためだ。

リティシアは一瞬父親を睨みつけたが、父親が見返してきたとたん、すぐに視線を床に落としてしまった。

父と向き合うのは怖かった。


自分の国にいた頃も嫁《とつ》いでからも、リティシアは常に王宮の奥で大切に扱われていた。庶民がどんな生活を送っているかなど知らないまま。

マイスナート城に移ってからは違った。畑を耕している農家の人たちと直《じか》に触れ合い、戦争になればこの人たちの生活が全て奪われるのだと初めて肌で感じた。

よき妻、よき王妃でありたいとリティシアは切望していたが――それはあくまでもレーナルトに向けられた感情でしかなかった。皮肉なことにリティシアが王妃としての真の自覚を持ったのは、夫と離れてからのこと。

エルディアとの戦争に関してはリティシアにできることは何もない。

――けれど、自分の父親が相手ならば。何より父と夫が戦場で顔を合わせるところは見たくない。

リティシアは顔を上げた。

「……三年」

声がかすれてしまった。スカートを握りしめてリティシアはもう一度始める。

「三年ください、お父様。三年の間に南への交易路を確保してみせます……ですから」

リティシアが父にこれだけはっきりものを言ったことはなかった。

「兵を引いてください、お父様」

マーリオは目を細めた。リティシアには彼の瞳の奥に隠された表情をうかがうことはできない。

「三年、か」

マーリオはつぶやいた。

「なぜそこまでするのだ？」

「わたしがファルティナ国王の娘であり――ローザニア国王の妻だからです。民を死なせるわけにはいきません。守りたいのです。どちらの国も」

リティシアはいっそう強くスカートを握りしめる。

「三年と簡単に言い切ったが、できるのか？　おまえにはその能力はないとわたしは思うのだがな」

「できます」

リティシアは言い切った。

「確かにわたしはあなたが望んだような娘ではありませんでした……けれど、忠誠心を持って仕《つか》えてくれる人たちには恵まれています。……それも、わたしにはもったいないほどの優秀な人たちに。わたしは彼女たちの力を借りるのを恥とは思いません――わたしにその能力がないのは事実だから」

父が面白そうな表情になるのをリティシアは見逃さなかった。なおも父親の説得を続けようとする彼女に、マーリオは手をふる。それが退出せよとの合図であることを悟り――彼女は静かにその部屋を後にした。

＊＊＊

国境を目指すレーナルトのもとへ、情報が届けられる。

「妃殿下は、ファルティナ軍に合流なさったようです」

放った密偵がもたらした報告に、レーナルトは顔色を変えた。政務を行わせるためにアーネストを王宮に置いてきてよかった。彼がこの話を聞いたなら、すぐにリティシアを離縁《りえん》しろと吠《ほ》えたてたことだろう。

「わかった。おまえは下がれ」

報告者を下がらせておいて、レーナルトは前髪をかき上げた。彼が今いるのは、道中の宿舎として借り上げた宿屋の一室。窓を揺らす激しい風の音に耳を傾けながら、彼は自分の思考の中に沈み込む。

マーリオが国境を越えたのは、冬の時期ならば自国に有利と考えたからだろう。北方の国々の兵士たちと違い、ローザニア兵はあまり寒さに強くない。イシュティナ、オリヴィエラ両国と連携をとっていることもわかっている。

「人質……としての役割は期待していない……か」

リティシアとの結婚が政略的なものである以上、いざという時には彼女を人質にすることもできたはずだ。

しかし、レーナルトにその意思はない。そんなことをするくらいなら、自国に戻してやった方がはるかにいい。マーリオは、見抜いているのだろうか——彼のその性格を。

なぜ、リティシアはファルティナ軍に合流したのだろう。彼はリティシアが戻ってきたならば受け入れるつもりであったのに。

「信用されていない……か？」

レーナルトは、固い椅子に背を預けて天井を見上げた。リティシアは、彼を信じなかった。そうであってもしかたない——彼のしてきたことを考えれば。

レーナルトは今宵《こよい》何度目かのため息をつく。

ファルティナは陣を敷いてはいるようだが、まだ攻撃をしかけるつもりはないようだ。こちらから先にしかけるか——それとも。

戦端を開かないで済むのであればそれに越したことはない。それには相応の代償が必要にはなるが。

「……使者を送ってみるか」

レーナルトはつぶやくと、侍従《じじゅう》を手招きして正式の書状を作るための紙を取りよせた。

＊　＊　＊

リティシアが、父親に呼ばれたのは最初の面会から三日後のことだった。

「ローザニア国王から使者が来たぞ」

どこか楽しんでいるような口調で、マーリオはリティシアを手招きする。リティシアは、父親の側に近寄って手元の信書をのぞきこんだ。見慣れたレーナルトの字が並んでいる。

マイスナート城にいる間に彼から何通の手紙をもらっただろう。どれも全てリティシアは大切に保管している。もし、彼と再び会えなくなっても思い出だけは手元に残せるように。

国境を侵犯《しんぱん》したことへの抗議と会談の要求が記されたそれを、マーリオは無造作に傍らのテーブルへと放り出した。

「さて、どうする？」

問われたリティシアは視線をそらす。

「ヘルミーナならば、わたしが軍を出さずとも済むようにできたかもしれないな」

姉の名前がまた出された。リティシアは胸が抉《えぐ》られるような痛みを覚えた。

父にとっては、大切なのはいつも姉で、姉で、姉で——。不器量で、不器用で、出来の悪い娘。父とともにいる限り、リティシアの世界は永遠に灰色なのかもしれない。

「ひとまず会談の場を用意するとするか……リティシア」

かけられた父親の声は、なぜか優しかった。

「おまえも来るがいい」

会談の地として設定されたのは、ローザニア軍と北方三国の連合軍がにらみ合っている中央の町だった。リュシカに身なりを整えさせ、リティシアも父に従って会談の地に入る。

イシュティナ国王ファウルスと、オリヴィエラ国王ユニウスも護衛の兵とともに町に入った。用意されたのは町長の屋敷だった。住民の大半が避難する中も町にとどまっていた町長は、一番大きな部屋を会談の場として提供するとそそくさと姿を消す。

レーナルトが部屋に到着した時には、すでに他の三国の王は顔を揃えていた。挨拶をかわし、四人の王たちは部屋の中央に用意されたテーブルで向かい合う。それぞれ護衛を三人ずつ連れてきていた。

マーリオが五十代、ファウルスとユニウスは三十代後半。そしてレーナルトが二十代半ば。直接の接点を持っているのはマーリオとレーナルトで、マーリオが一番の年長者だ。自然にマーリオが中心となって話は進み始める。

「単刀直入に申し上げよう。我々の要求は海へ通じる道だ」

「さすがに領土は譲り渡せないな……」

レーナルトの顔に苦笑が浮かんだ。

「通行権でけっこうだ。十年間、無償で——ローザニアの北にある三国に」

「……十年」

思わずレーナルトは嘆息《たんそく》する。あまりにも図々しい要求だった。

「貴国にとっても、悪い話ではないと思うのだがな？　三国の商人たちが行き来することになれば、街道沿いの町は繁栄するはずだ」

神経質そうに胸の前で指を組み合わせながらユニウスが言った。

レーナルトは渋《しぶ》ってみせた。もちろんユニウスの言うことも事実ではあるのだ。街道沿いの町は潤うに違いない。

だが、無償の通行権となれば国内貴族が反発するのも否定できない。そんな要求にあっさりと応じるわけにもいかない。とはいえ、これを絶好の機会と考えることもできる。

「十年間の無償通行権を保証しよう。ただし――」

レーナルトは思わせぶりに言葉をとめた。

「わが国はその対価として、エルディア王国戦への参戦を要求する」

三国の王たちは顔を見合わせた。この場ですぐに回答できるような問題ではない。確かに十年の無償通行権は魅力的だ。それがこの戦の主目的でもある――が、それとローザニアの東、エルディアとの件は別問題だ。

「……話し合いの時間が欲しい」

そう言ったのは、ファウルスだった。それを了承して、レーナルトは一度席を外す。

受け入れてくれればいい。三国にとっても悪くはない条件だ。

商人たちの行き来が増えれば、護衛する者たちも必要だ。腕に覚えのある者はそちらに職を求めることもできるだろう。国内の商業活動が盛んになれば、税収も増える。何より今まで戦争に費やしていた国費を、他に回すことができるというのは大きいはずだ。

他国の財政状況までは正確に知りようはないが、税収が増えれば今回の出兵にかかった費用についても数年かそこらで回収できるはずだ。

レーナルトにしても、北の国境を十年間安定させておけるというのは非常にありがたい。もちろん警戒を怠るつもりもないが――

三国が参戦を表明すれば、エルディア側も撤退を真面目に考え始めるだろう。東の戦線は何度かぶつかり合っているものの、硬直状態だった。そちらも早く安定させたい。

国内をかえりみても、叛意《はんい》のある者がいれば、この条約に反対して騒ぎ立て、さらにはまた弟を担ぎだそうとする可能性がある。反レーナルト派を一気に炙《あぶ》り出す好機にもなるはずだ。


一度控えの部屋へと戻ったレーナルトが再び呼び出されたのは、日付が変わってからだった。

「わが国から、一つ条件を追加させていただきたい」

ユニウスが言った。

「通行権の対価という形ではなく――同盟を結び、その上での協力ということにしていただきたい」

オリヴィエラ王国はローザニアの北に位置する三国の中でもっとも東にあり、国境をエルディアと接している。エルディアの報復を恐れているのだろう。同盟という形にしておけば、有事の際にはローザニアに助けを求めることもできるため、エルディアも容易に手が出せない。

「それでかまいません」

レーナルトはそれを受け入れて、四ヶ国が同盟を結ぶことで決着がついた。

「――さて」

同盟の調印が無事に終了すると、マーリオはレーナルトを見つめた。話を終えたファウルスとユニウスは退室していく。後には二人が残された。もうすぐ夜明けになろうとしている。

「粗略《そりやく》に扱われるために、娘を嫁《とつ》がせたわけではないのですがな……」

「その点はわたしが詫《わ》びるべきでしょう。彼女にはつらい思いをさせた」

レーナルトは素直に詫びた。この件に関しては全面的に彼が悪い。

「あなたはリティシアの身に危険が及ぶとは考えなかったのですか？」

ふと気になっていたことをレーナルトは口にする。マーリオは顔をしかめて返した。

「王宮にいれば、暴走した家臣に暗殺される可能性はあったでしょうな。しかし、娘がいたのはマイスナート城。万が一誰かが兵を送ったとしても、グエンやコンラートがリティシアを無事に脱出させてくれるだろうと思っていたのですよ。彼らが守りきることができなければそれまでのこと。リティシアに運がなかったという話でしかない」

保護されるべき対象が自ら戦場に乗り込んできたのは、実はマーリオにとって予想外だった。リティシアにそこまでの気概があるとは思っていなかったのだ——だからこそ、彼女には国外に嫁ぐための教育を施《ほどこ》さなかった。

「三年」

そう口にしてマーリオは笑った。何のことかわからずレーナルトは怪訝《けげん》な表情になる。

「三年のうちに南への道は確保してみせる。だから兵を引けと、あの娘がわたしにそう言ったのですよ。あなたに嫁いでから、娘の中で何かが生まれたようですな」

面白そうに肩を揺らして、マーリオはテーブルに置かれていた呼び鈴を手に取る。つられるようにレーナルトも頬をゆるめた。

眠ることもできず、別室で一晩中起きていたリティシアのところにようやく呼び出しの使いがやってきた。四人の王たちの会談はどんな結果に終わったのだろう。

自分がどうなるのかもわからず様々な不安を押し殺しながら、案内する騎士に続いて会談の場として使われた部屋の前に立つ。リティシアを案内してきた騎士が扉を開く。部屋の中を見る勇気が持てなくて、リティシアは目を伏せたまま一歩踏み出した。

「……リティシア」

入るなり、レーナルトの声が耳に飛びこんできた。リティシアは信じられない思いで顔を上げ、瞳を潤ませた。彼がリティシアの名を呼んだのは初めてで——彼の口から出たリティシアの名は、たいそう甘い響きを帯びていた。

「——おいで」

誘われるようにリティシアはレーナルトの方へと歩き始める。待ちきれないというように彼が一歩踏み出す。リティシアの身体にレーナルトの腕が巻きつけられた。

「……レーナルト様」

リティシアは彼の名前をそっと口にする。懐かしい彼の体温に包まれて胸が温かくなった。

「リティシア」

もう一度ささやかれた名が、これは夢ではないのだとリティシアに告げてくれた。

「やれやれ」

かたく抱き合う二人を引き離すかのように、無粋な父親の声が響く。

「不出来な娘で申し訳ありませんな……」

あきれたようにマーリオは首をふった。

「こちらこそ……いや、この話はもうやめましょう。今日は一日休養にあてていただいて、明日詳細な計画を。そうファウルス殿とユニウス殿にもお伝えしておきましょう」

レーナルトの腕の中からリティシアは彼を見上げる。どうなったのだろう。

「後で説明してあげるよ」

レーナルトは腕の中にリティシアを抱《かか》え込んだままささやく。ふいにマーリオが父親の顔になった。

「……リティシア。身体には気をつけなさい」

では、とレーナルトの方に頭を下げてマーリオは出ていく。

「あの……陛下……」

なかなか言葉が出ない。リティシアは震える唇を叱咤《しった》して、言葉を続ける。

「……申し訳……ありませんでした……」

「謝らなければいけないのはわたしの方だ。あなたにはつらい思いをさせたね」

「……いえ」

リティシアはそっと首を横にふる。

「ここは二人で話すのには向いていないな。わたしの部屋に行こう」

わざわざ陣に戻るまでもない。出立する前にまだやらなければならないことがある。レーナルトは自身が寝泊まりするために用意された部屋へとリティシアを連れていく。

王たちが泊まりこんでいるということもあり、邸内は国ごとに違う鎧に身を包んだ騎士たちが行き来していて物々しい雰囲気だった。

「……申し訳……ありませんでした」

部屋に足を踏み入れるなり、リティシアはもう一度深く頭を下げる。

どこから詫《わ》びればいいのだろう。あまりにも謝らなければいけないことが多すぎて、リティシアの思考は完全にとまってしまう。ふり返ったレーナルトは、リティシアを見つめてそれから彼女の前に膝をつく。

「謝らなければいけないのはわたしの方だ」

手をとられただけではなく、そこに唇を押しあてられてリティシアは困惑した。

「わたしはいい夫ではなかったね」

レーナルトは、ようやくリティシアの手を離す。リティシアは、一歩後退した。それだけで、背中と扉がぶつかってしまう。そんなリティシアを痛ましそうに見つめて、彼はなおも言葉を続けた。

「いつまでも過去にとらわれていて——今を見ようともしていなかった」

「レーナルト様……」

リティシアには返す言葉もない。

「白状してしまえば、あなたを選んだのはわたしの意のままになってくれると思ったからだし……実際あなたをそのようにしか扱わなかった」

叶わなかった恋を埋め合わせるために何度も抱いた。リティシアの心が他を向いていると思った時には、嫉妬に狂って手荒な行為もした。

「……そんなこと、ないです」

どう伝えたらレーナルトにわかってもらえるだろう。大切にしようとしてくれていたのはきちんとリティシアに伝わっていた。何かと気を使ってくれて、リティシアに不自由を感じさせないようにしてくれた。

「……悪いのはわたくしです、望んではいけないことを望んでしまいましたもの……でも平気です」

リティシアはレーナルトの顔を正面から見つめた。

「もう……望みませんから」

彼の側にいることができるのなら、それ以上は望まない。きちんと笑えているだろうか。

「……リティシア」

名を呼ばれた次の瞬間、リティシアはレーナルトに抱きしめられていた。レーナルトはリティシアの肩に顔を埋める。肩にかかる重さをどうしたらいいかわからなくて、リティシアはただ立ちつくしていた。

「……もう遅いだろうか」

リティシアの肩に顔を埋めたまま、呻《うめ》くようにレーナルトは言う。

「……何が遅いのでしょう？」

「わたしは――あなたを愛しているよ。リティシア」

「……陛下」

信じられない思いでリティシアは、彼の言葉を受けとめた。

「もっと早く素直になっていればよかった。あなたを失う前に。あなたがいなくなって初めて思い知った」

彼はまだリティシアの肩から顔を上げようとはしない。

「だから、あなたには無理をしてほしくない。心を殺してまで、わたしの側にいようとする必要はないよ」

「……そんなこと……」

「……遅すぎるね。すまない」

苦笑混じりにつぶやいて、ようやくレーナルトはリティシアの肩から顔を上げた。

「あなたはどうしたい？　王宮で暮らす？　国に帰りたい？　……あの騎士のところに行きたいと望むならそれでもかまわない。体面なんてどうにでもつくろうことができる。あなたの望みは全て叶え……」

矢継《やつ》ぎ早《ばや》に投げかけた問いをレーナルトは途中で切った。だらりと下げられたままだったリティシアの両腕が、ぎゅっと彼の身体に回されたからだ。

「……お慕いしています……陛下」

彼の胸に額を押しあてて、リティシアは小声で言った。

他に想いを伝える言葉を彼女は知らない。だからレーナルトの胸に耳を押しあてて彼の鼓動を感じ取ろうとする。

レーナルトはリティシアの顔を上げさせた。彼女の名前を呼びながら静かに口づけを落とす。その時、一瞬だけ触れたコンラートの唇を思い出して、リティシアの胸がちくりとした。その感触をふり払うように目を閉じて、リティシアは彼の口づけを受け入れる。

「……リティシア」

彼の口から出た名前は甘美だった。触れるだけのキスに物足りなさを感じたリティシアが唇を開くと、レーナルトは舌を滑り込ませた。口の中を隅々まで舌が這い、リティシアの舌を絡めとって、小さな声を上げさせる。

「残念だけど、ここまでだ」

ようやくレーナルトが唇を離した時、リティシアは完全に彼に身体を預けていた。

「あなたが欲しいけれど――あなたにはすぐに出発してもらわないといけないからね」

物足りなそうなリティシアの頬を撫でて、レーナルトは彼女を押しやった。

「明日、あなたの父上たちと話をするけれどね。これからエルディアとの国境へ向かう。あなたはローウィーナに戻りなさい」

「……でも」

リティシアが反論しようとした時、扉が叩かれた。レーナルトは入室を許可する。レーナルトの部下の一人が入ってきて、彼に何やら書類を手渡した。彼はそれに目を通し、机に向かうと立ったままペンを走らせて相手に戻す。

部下が退室して二人きりになると、もう一度レーナルトはリティシアに向き直った。

「……一人で……戻らなければなりませんか？」

「戦場だからね。あなたを連れていくわけにはいかないよ」

「……連れていってください……」

ようやく再会できたのに、また離れ離れになるのは嫌だった。リティシアはレーナルトの袖をつかんで連れていってほしいと何度も懇願する。

「リティシア、リティシア。わがままを言わないで」

困り果てた声でレーナルトはリティシアをなだめた。

「あなたを危険にさらしたくないんだ。だから戦場に連れていくことはできない」

リティシアはレーナルトにしがみついた。穏やかな手つきで彼女の背を撫でながら、彼は言葉を続ける。

「本当は私がいない間はあなたの国に帰してあげるのが一番いいのだろうけれど、それでは全てが片づいた後あなたを呼び戻すのが難しくなってしまう。マイスナート城は守りには適していないし、王宮内も不安だ。アーネストの屋敷で待っていてほしい」

「……わかりました」

ようやくリティシアは彼の言葉を受け入れた。

「……初めてわがままを言ってくれたね。叶えてあげられないのは申し訳ないけれど」

ほっとしたようにレーナルトは笑う。わがままと言われてもかまわなかった。彼と離れたくない。彼にぎゅっとしがみつく。

すぐに馬車が用意された。ファルティナ側から送られてきたリュシカがつきそい、護衛の騎士たちに守られて出立することになった。

用意された馬車の前で、夫の抱擁から抜け出したリティシアはここまで送ってくれた騎士たちを探す。

——彼女の騎士を。

「コンラート……」

ひそやかにつぶやいた名前は、リティシア自身の耳にも届かないうちに消えた。リティシアの視線を正面から受けとめたコンラートは、落ち着いた様子で頭を下げた。それとはわからぬほどの小さな笑みをリティシアは返す。

「道中気をつけて。アーネストには先に使者を出しておくから」

「陛下も……お気をつけください」

リティシアの肩に腕を回し、レーナルトは唇を寄せる。リティシアは瞼《まぶた》を閉じ、優しいキスを受け取った。改めて馬車に向き直ったリティシアは、それからはふり返らずに乗り込んだ。

「やっと戻れるんですねぇ」

リティシアの正面には、リュシカが座っている。しみじみと言ったリュシカだったが、リティシアがそれに応じることはなかった。

ゆっくりと馬車が動き始める。リティシアは、外の景色を眺めることなく目を閉じた。マイスナート城に残してきたゲルダとは、アーネストの屋敷で再会できるだろう。

＊　＊　＊

リティシアの乗った馬車は、深夜ひっそりとアーネストの別邸に滑り込んだ。反レーナルト派にリティシアの居場所を知られないよう、表向きは彼女はまだマイスナートに滞在中ということになっている。

意識してリティシアは背筋を伸ばした。アーネストは正直苦手だ。いつでもリティシアを冷ややかな目で見る。レーナルトにはふさわしくないと態度で表しているかのように。

「……お待ちしておりました」

「……お世話に……なります」

彼は礼をつくして迎えてくれたのだが、リティシアは思わず小さくなってしまいそうになる。

「妃殿下をお迎えできて光栄です。むさ苦しいところですが、できるだけ居心地よく過ごしていただければと思っております」

アーネストとともにリティシアを出迎えた宰相《さいしょう》夫人エレノアとは、夜会などで何度か顔を合わせる機会があった。ごく最低限の挨拶だけで、親しく会話を交わしたことはなかったが。

アーネストにとっては二度目の結婚で、二人はだいぶ年が離れていると聞いている。リティシアより数歳上だということだった。赤い髪は簡単でありながら、彼女の美しさを際だたせる形に結われていた。青い瞳は澄んでいてまっすぐにリティシアを見つめている。

どうしてローザニアには美しい人が多いのだろう。またリティシアの劣等感が刺激される。

「わたしがご案内するわ。あなたはどうぞお仕事にお戻りになって？」

素直に追い立てられるアーネストの姿は、リティシアには新鮮なものだった。宮中で見かける彼は、いつも堂々としているのに。

「わたくしの一存ですが、やはりお世話するのは慣れた者の方がよろしいでしょう。妃殿下付きの侍女を呼びよせております。足りないものがあれば、遠慮なくお申しつけくださいませ」

「え……ええ、どうもありがとう……ござい……ます」

先に立ってリティシアを案内するエレノアにリティシアは圧倒されていた。自分もいつかこんな風になれるのだろうか。

リティシアが通されたのは、宮中の彼女の部屋のように高価な家具がしつらえられた部屋だった。窓際には寝心地のよさそうなベッドが置かれ、中央にはテーブルと長椅子が並んでいる。その側には茶道具の載せられたワゴンが出番を待ちかまえ、棚には何冊か物語の本も置かれていた。

「続きが侍女の間でございます」

エレノアが部屋の片隅をさす。そこには二つの扉が並んでいた。

「それではわたくしはこれで」

テーブルの上の呼び鈴を鳴らして侍女を呼ぶと、翌朝の朝食の時間を言い残し、そのままエレノアは退室した。

「お帰りをお待ちしておりました」

「ごめんなさい。もっと早く戻らなければいけないのはわかっていたのだけれど」

リティシアは隣の間から出てきたリーザとタミナに詫《わ》びた。先に通されていたリュシカも二人の後ろに立つ。

「ご無事のお着きで何よりです。お疲れでしょう。お湯浴《ゆあ》みの用意もできております。まずはゆっくりとお休みくださいませ」

確かに一日馬車に揺られていた身体はくたくただ。

旅装を脱ぎ捨ててリティシアは浴槽に身を沈めた。温かなお湯が身体をほぐしてくれる。浴室から出ると、身体を拭《ぬぐ》われ、夜着を着せかけられて髪を乾かされる。湯浴みをするのに人の手を借りるのは久しぶりのことだった。

侍女たちを下がらせて、リティシアは柔らかに身体を包み込んでくれるベッドに身を投げ出す。リテうとうととしながらリティシアは考える。戦地に向かったレーナルトは無事なのだろうか。リティシアのところには何一つ連絡はない。明日、アーネストに聞いてみなければ。それがリティシアの最後の思考だった。

翌朝の目覚めはすっきりしていた。王宮の自室に置いてきた服のうち、かなりの数のものがこちらに運ばれていたらしい。見覚えのあるドレスがリティシアの前に差し出され、彼女は文句も言わずにそれに袖を通す。

朝食の案内には、宰相《さいしょう》夫人自らやってきた。昨夜同様エレノアは美しかった。白いレースの衿《えり》をつけた葡萄《ぶどう》色のドレスもよく似合っている。

「あの、アーネストは？」

「もう出仕いたしました」

寝坊してしまったのだろうか。慌てるリティシアにエレノアは華やかな笑顔を向ける。

「毎朝、朝食もとらずに出ていきますの。どうかお気になさらないでください」

「ええ……」

朝食の席に着いたリティシアの前に、パンと茹でた野菜をたっぷりと添えた卵が給仕される。さらに果物はどうかとたずねられ、リティシアはそれももらうことにした。

「あの……陛下はどのくらいでお戻りになる、とか……」

目の前の美しい人に気後《おく》れしながらリティシアはたずねた。

「最短でひと月ほど、と聞いておりますけれども」

「……ひと月……」

パンをちぎりながらリティシアは嘆息《たんそく》する。ひと月という期間は戦時ではそれほど長期間でないことはわかる。けれど一度再会してしまえば彼への想いはつのるばかりで、会えないのはつらかった。

食卓に並べられた料理を片づけながらエレノアは話を続ける。朝から旺盛《おうせい》な食欲だった。

「妃殿下がお出かけになってから、宮中は大騒ぎだったのですよ」

宮中では、リティシアの不在は療養《りょうよう》のためということで押し通されている。宰相《さいしょう》の妻であるエレノアもそれを信じているようだった。

「妃殿下の不在をいいことに娘を陛下に差し出そうとする貴族はたいそうな数だったのですけれども、陛下はそれを全て拒《こば》まれて」

「そんなに……？」

「ええ……あら？」

リティシアの表情に気がついたエレノアは、今のは言ってはいけないことだったかしらとばかりに驚いて目を丸くした。

「余計なことをお話ししてしまいましたわね。でも、全てお断りになりましたから、安心なさってください」

リティシアは、パンをちぎってのろのろと口に運ぶ。ローザニア貴族なら美しい娘も多かっただろうに。本当に自分などが夫の隣にいていいのだろうかと考えてしまう。生まれ持った容姿は変えようがない。

けれど、彼の隣に立つつもりならば、リティシアにはまだできることがある。

食事を終えるとリティシアはエレノアに礼をのべて、与えられた部屋へと戻った。リーザとタミナを呼んでリティシアの自室から彼女たちが持ち出してきたものを見る。

衣服は十分な数が用意されていた。まずないだろうが、宴《うたげ》に出ることになっても問題ないように夜会用のドレスまで含まれている。

「家庭教師の先生に来ていただくわけにはいかないけれど……今のうちに復習しておきたいの。どうせ外には出られないのだし。お願いできるかしら？」

ローザニアの侍女二人は顔を見合わせ、それから二人同時に頭を下げる。リーザが必要な書物を書き出して、エレノアのもとへと走った。彼女が書き出した本は基本的なものばかりだから、この屋敷の図書室にも置いてあるはずだ。

その間にタミナはリュシカと力を合わせて室内の家具を移動させる。テーブルや椅子を部屋の隅に寄せ、実際に立ち居振る舞いを練習できるだけの空間を作る。やがて書物の他にペンやノートなど必要な品を集めたリーザが戻ってくる。すぐに侍女たちによる講義が始まった。


夕食の少し前に客間を訪れたアーネストは、リティシアと侍女たちがテーブルに本やノートを広げているのを見て驚いたように眉を上げる。

「アーネスト……何かあったの？」

とまどったようなアーネストの様子に気づいて、首をかしげながらリティシアは立ち上がった。

「いえ……これは陛下からのお便りです」

「まあ！」

封筒を受け取ったリティシアの頬が染まる。戦地からアーネストに送られてきた命令書に同封されていたという手紙には、厳重に封《ふう》がされていた。

「あの、お返事を書いたら一緒に送ってもらえるのかしら？」

「……それはかまいませんが」

「ありがとう！　お夕食の前に書いてしまうわね……まだ、何か？」

「いえ、失礼いたします」

　リティシアは、テーブルの上に広げていた道具を片づけさせて一人にしてもらった。周囲に誰もいなくなってから、夫からの手紙を開く。

　さすがに戦地の詳しい状況は記されていなかったものの、アーネストの屋敷に到着したであろうリティシアを気づかう言葉が並んでいた。

　マイスナート城にいた頃の言葉とは違う。以前もらった手紙を読み返して、初めて気がついた。あの時あったリティシアに拒《こば》まれることを恐れている気配はまるで感じられなかった。読んでいるだけで彼の温かい気持ちが流れ込んでくるようだ。リティシアもそれにふさわしい手紙を返したいと言葉を選びながらペンを走らせる。

＊　＊　＊

　ゲルダはリティシアが到着してから二週間後に屋敷に到着した。エレノアも本邸には帰らず、リティシアのいる別邸にとどまっている。周囲には本邸を改装している間、別邸に滞在中ということにしてあるらしい。

アーネストの屋敷での日々は穏やかなものだった。

エレノアと朝食をとった後、リーザかタミナを教師にして王宮で学んだことの復習に時間を費やす。

エレノアは外出していることもあるが、彼女が屋敷にいれば一緒に昼食もとり、午後からはまた勉強の時間。アーネストの許可を得て、庭園を散歩することもある。屋敷から外に出られないのはわかっていたから不満もなかった。

夕食はたいてい宰相《さいしょう》夫妻ととる。アーネストはレーナルトからの手紙が届いている時には夕食前にリティシアに手渡す。リティシアはすぐに返事を書き、アーネストはそれを夕食後に受け取って、レーナルトへの報告書と一緒に送ってくれる。

アーネストは、戦況についてリティシアに話すことはなかった。レーナルトの手紙にも詳細は記されていない。けれど、リティシアは不安になることはなかった。リティシアはただ待っていればいい。彼を信じて。


リティシアがアーネストの屋敷に入ってから、一ヶ月半がたった。あいかわらずアーネストは戦況について詳しいことは教えてくれない。

「あら、男の人っていつでもそうではありませんか？　わたくしにも何も教えてくれないのですよ」

リティシアの茶会に招待されたエレノアは、優雅にティーカップを手にして微笑《ほほえ》んだ。

「全て終わってから教えてくれるのですもの……でも」

エレノアはティーカップを口に運んで一口飲む。

「市中の噂《うわさ》を聞いていれば、情勢はわかりますわ、なんとなく……ですけれども。そろそろお帰りになると思いますよ」

「……本当に？」

「ええ」

茶会が終わっても、リティシアは考え込んでいた。彼女の表情から察するに、情勢は悪くないということなのだろうか。この屋敷での日々はとても穏やかではあるけれど——彼がいないと満たされない。

「お帰りになるまで、もっと勉強しておかないと……」

リティシアはつぶやく。顔立ちは変えることができないから……もっと教養を深めて美しい仕草を身につけたい。彼とともにあるのにふさわしいように。

＊　＊　＊

ゲルダがそっとリティシアをゆする。

「リティシア様、お目覚めになってください」

室内の明るさから判断すれば、いつもよりだいぶ時間が早いようだ。眠い目をこすっているリティシアの前に洗面用の水が差し出される。顔を洗ってもまだ目の覚めないリティシアを、リュシカが鏡の前へと連れていった。

用意されているドレスは鮮やかな青だった。陛下の瞳の色と同じね――などとぼうっと考えている間に夜着がひき剥《は》がされ、新しい下着を身につけるよううながされる。

「コルセットは？」

「必要ないでしょ？」

リーザとタミナの会話に、コルセットはつけておいた方が――などと反論する隙も与えられず、気がついた時には用意されていたドレスの最後のボタンがはめられたところだった。

「ねえ、何があったの？」

リティシアは問う。結い上げるべくリティシアの髪をとかしていたリーザが答えた。

「陛下がお帰りになったのです。もう王宮にお入りになったそうですよ」

「陛下が！」

一瞬にして、頭に血がのぼった。

「お願い、早くして！」

「でしたらじっとなさっていてください。髪を結っている間にお化粧も済ませてしまいますから」

会える。やっと会える。

鏡の中でタミナが顔に化粧筆を走らせるのを、もどかしい思いで見つめる。

戦争はどうなったのだろう。彼は無事なのだろうか？　侍女たちにそれを問いただすのもはばかられて、リティシアはじりじりしながら支度が調《ととの》うのを待った。永遠ではないかと思うほどのもどかしい時間を過ごし、ようやくリティシアは解放される。最後に首にかけられたのは、夫から贈られた首飾りだった。

アーネストがリティシアを迎えに来た。王宮ほどではないものの、天井が高く長い廊下を先に立って案内する彼の背中にリティシアは問いかける。

「……あの、陛下はご無事……」

最後まで口にすることができず消えてしまった言葉を、思いがけずアーネストは拾い上げてくれた。

「ご無事ですよ。とても——お元気です」

よかった、とリティシアが胸をなでおろした時には屋敷の入り口に到着していた。玄関前には王宮から回されてきた馬車が待ちかまえている。

「エレノアさんは?」

礼を言おうと思ったのに、彼女の姿はなかった。きょろきょろと見回しているリティシアにアーネストは言った。

「どうぞ、お気になさらないでください。あれは妃殿下のお荷物をまとめる仕事が残っておりますから」

「……そう。ではお礼は別の機会に改めてさせていただくわね」

急ぎ足に出てきたリーザがリティシアに続いて馬車に乗り込む。後の三人はエレノアの侍女たちの手を借りて、王宮に戻る準備をしているのだという。

リティシアはいらいらと身体を揺すりながら、窓の外を眺めていた。何度も見たはずの景色なのに、初めて見るようにリティシアの目には映る。出奔《しゅっぽん》した時には青々としていた街路樹は、アーネストの屋敷に入った時は葉を落としていた。今は新たな芽が顔を見せ始めていて、ずいぶん長いこと離れてしまっていたのだと改めて思い知った。

馬車がとまるのと同時にリティシアは飛び降りた。案内されるのを待つことができない。

リーザは全て心得た様子で、リティシアを導く。どんどん急ぎ足になってしまうリティシアを、彼女は苦笑いでたしなめた。


王宮の広さを恨みながら階段をのぼって、リティシアはレーナルトの居間に到着した。スカートのついてもいない埃《ほこり》を払い落とし、リーザに髪を直してもらう。扉を開けてもらうのももどかしく、ノックもせずに自分で開いた。

立派な机に向かってペンを走らせているのは、リティシアが待ち望んでいた人だった。

扉が開くのに気づいた彼は、手をとめて立ち上がる。そのままリティシアの方に近づいてきた。

ここまで大急ぎで来たというのに何を口にしたらいいのかわからず、リティシアは扉のところに立ったままそこから先に進むことができないでいた。背後でそっと扉が閉じられるのにも気づかない。

「……困ったな。あなたに会ったらあれも言おうこれも言おうと思っていたのに。ありきたりな言葉しか出てこない。——会いたかった」

ふわりと身体に腕が回され、ささやかれた言葉にリティシアは耳まで真っ赤になった。

「……嬉しい。……わたくしも会いたかったです、陛下……」

今まで彼がくれたどんな言葉より、今の言葉が嬉しかった。それをどうやって伝えればいいのかわからない。ただ、しっかりと抱きついて夫の体温を再確認する。

しかし突然降り注いだキスの雨にリティシアは笑い声をあげて、ついに彼の腕から逃げ出してしまった。

「髪が乱れてしまいます」

「かまわないよ。どうせここには二人しかいないのだし。こちらにおいで」

レーナルトはリティシアをテーブルへと誘う。そこには、朝食が用意されていた。

「戦争はどうなったのですか？」

差し向かいで食事を取りながらリティシアはたずねる。

「満足のいく結果と言っていいだろうな。当面は東の国境も心配しなくていいと思うよ」

「……よかったです」

さすがに四国を同時に相手にするのは分が悪すぎると判断したのだろう。エルディア側とは双方撤退することで折り合いがついた。国境を越えた賠償問題についても同意が取れている。レーナルトにとっては満足のいく結果だった。

仲良く朝食を終えて、二人は室内の長椅子へと席を移す。並んで腰を下ろすと、あっという間に侍従《じじゅう》たちの手によって朝食は片づけられて、茶道具一式が長椅子前のテーブルへと並べられた。

「今日は政務の方はよろしいのですか？」

動き回る侍従たちをはばかって小声でリティシアはたずねる。

戻ってきたばかりだし、政務に取りかかる前に朝食だけでも一緒に、という彼の心づかいだと思っていたのに、レーナルトはのんびりするつもりのようだった。

「緊急性の高いものは昨夜のうちに処理しておいたからね。よほどのことがない限り、今日一日はゆっくりしていられるよ。あなたは？」

「……時間はたくさんあります」

いつ戻ってくるかわからなかったし、予定を入れるような状況ではなかった。仮に入れようとしたところで、誰もリティシアの相手なんてしてくれないだろう。同盟を結んだとはいえ、父が国境を越えて進軍してきたことは記憶に新しいし、まだレーナルトに疎《うと》まれていると思っている人の方が大半のはずだ。

「お茶をいれてもらえないかな」

リティシアはテーブルに目をやった。何度も使った茶器を手に、慣れた作業を始める。最初は震えていた手が、終える頃には落ち着きを取り戻していた。

「やはり——あなたのいれてくれたお茶が一番だね」

カップを口にしたレーナルトは満足そうに言う。

「ありがとう……ございます」

リティシアは微笑《ほほえ》んだ。穏やかな時間が戻ってきたことをその一言で実感する。

「そうそう。エルディアとの国境にいる間に、あなたのお父上と何回か話をする機会があったよ」

軽い調子でレーナルトは口にした。

「あなたのことをずいぶん心配なさっていたよ。どうやら娘婿《むすめむこ》としてのわたしは、及第点はもらえないらしい」

「そんな……」

リティシアはとまどう。父がレーナルトにそんなことを言ったなど信じられなかった。

「どうかした？」

「いえ……父とはあまり……その……」

なんと説明すればいいのか、言葉を探してリティシアは口をつぐんでしまう。

「あまりうまくいっていない？」

「……そう……ですね……」

「そうだろうね。そんな気がしたよ」

レーナルトの手が伸びてきて、リティシアの手をつかむ。リティシアを落ち着かせようとしているのか、彼の指が彼女の手をそっとさすった。

「あなたには、お父上が期待しているようなことはできないだろうね。そんなことをするには素直すぎるし――向いていない」

リティシアは握られている手に視線を落とした。

父がリティシアに望むこと。それはローザニアでリティシアが権力を握ることだ。ローザニアとて一枚岩ではないはずで、レーナルトに反感を持つ貴族もいる。彼らと結び、ひそかに力を蓄える——彼がリティシアの力を無視できなくなるまで。

「それと娘を心配するのは別の問題ではないのかな——少なくともわたしは警告されたよ。娘を粗《そ》略《りゃく》に扱うな、とね」

「……」

「信じられない？」

リティシアは、静かにうなずいた。

「たぶん、とても君主としての意識が強いのだろうね。同じ立場なら、わたしもそうなるかもしれない」

貧しい北国の王。娘は、力を持つ国と結ぶための大切な手駒《てごま》で——同じ駒《こま》なら有能な方がいい。

リティシアは、駒になるには向いていない。ただの町娘ならば少々内気、で済んでいたかもしれないけれど、王の娘としてはあまりにも繊細だった。

「確かにあなたはそういう意味では王妃には向いていない……とわたしも思うよ。わたしは、そんなあなたの肩に重荷を載せてしまったね」

彼の言葉は、リティシアの胸を突き刺した。レーナルトは、リティシアが手を引き抜こうとするのを許さなかった。それどころか彼女の手をより強く握りしめる。

「あなたの残していった記録を見たよ」

「……あれを、ですか……？」

毎日綴《つづ》った記録。なんとかして彼に追いつきたいと必死で書いた記録を見られた。どうしたらいいかわからなくて、ただ唇を噛みしめる。

「全部見せてもらった。あなたはお父上の望む王妃にはなれないかもしれないが……」

レーナルトはリティシアを見つめる。海の色の瞳で。

「でもきっと、あなたはあなたなりのやり方でローザニアとファルティナの架け橋になれるはずだ。わたしはそう信じているよ」

レーナルトはリティシアに口づける。

抵抗することなくリティシアはされるがままになっていたが、彼の手がわき腹のあたりで動き始めたのを感じ取り、身をくねらせて逃れようとする。彼の手は器用に動いて、あっという間にリティシアを押し倒していた。

「……ここは……寝室ではありません……！」

くすくすと笑ったレーナルトは、またリティシアのわき腹をくすぐり、リティシアに声をあげさせる。

「あなたのその言葉を聞くのも久しぶりだね」

赤面したリティシアは、レーナルトの身体の下から逃げ出そうとした。

「まだ昼間……ではなく、朝食を終えたばかりです……！」

「そうだね」

リティシアの抗議には耳も貸さず、レーナルトはリティシアを押さえつける。

「あなたにリーザとタミナを付けて正解だった」

「……なぜです？」

嫌な予感を覚えながらリティシアは返した。

「二人とも気がきいているね。今日はコルセットをつけていない」

彼の手が本来コルセットに覆われているはずの場所をなぞった。リティシアは背中をしならせる。

そういえばリティシアを着替えさせている時、二人ともそんなことを言っていたような気がする。

まさか二人ともこれを予期していたというのだろうか——いやきっとそうだ。彼女たちにはかなわないだろう。これから先も。

レーナルトの指が、やんわりとした感覚を送り込んでくる。リティシアは半分諦めの吐息をこぼした。

「……せめて……寝室にしてください……」

返事もせずにレーナルトはリティシアを抱《かか》えあげ、自分の寝室へと入った。

もう一つの扉をくぐる時間も惜しいとばかりに、夫婦の寝室ではなく、そのまま窓際に置かれたベッドへと進んでリティシアを下ろす。

リティシアが要求する前に、カーテンが閉ざされた。室内が一瞬にして夜へと姿を変える。改めてリティシアの隣に腰を下ろしたレーナルトは、今度は激しく彼女の唇を求めた。

リティシアもそれに応じかけて——慌てて唇をひき剥《は》がす。

「待って！　待ってください」

リティシアは、胸へと滑り降りてくるレーナルトの手を上から握りしめてとめようとした。今言わなければ、きっともう言う機会はない。

「……できれば、その、……な……なるべく……その……手早く……していただく……わけには……？」

「手早く？　なぜ？」

心底不思議そうなレーナルトの声音に、リティシアの頬がまた赤く染まった。

「はしたない声が出てしま……あぁっ！」

リティシアの手をふりほどいて、レーナルトの手は彼女の胸を包み込む。

「……わたしはかまわないよ。ここには二人しかいないのだし……もっと出してもらってもいいくらいだ」

リティシアは足をばたばたさせて、レーナルトをふり払おうと試みた。

「だめ！　だめです！　……静かにしていないとよい子が産めませんから！」

リティシアをシーツの上に押さえ込もうとしていたレーナルトは、その言葉に動きをとめる。

「誰がそんなことを？」

「……乳母が言っていました」

レーナルトが話を聞いてくれるつもりになったことにほっとして、リティシアは息をついた。

「その……その、おとなしくしていないと……よい子が生まれないのだそうです……ですから……」

「……まったく」

レーナルトは大きく息を吐いてリティシアの髪を撫でた。

つまり、抱かれるたびに彼女がレーナルトの手から逃れようとしていたのは、そこに理由があったということか。なんという誤解だったのだろう。あまりにも遠回りしすぎた。もっと話をすればよかった。

レーナルトはリティシアの髪に指を滑り込ませた。

「それはね、迷信だと思うよ。少なくともわたしは聞いたことがない」

「……そう……なんでしょうか……」

頬を上気させ、潤んだ瞳で見上げるリティシアの表情がレーナルトを駆り立てた。

「そう。あなたの国ではそうかもしれないが、ローザニアにはそんな言い伝えはないよ。だから――安心して――」

レーナルトはもう一度唇を重ねる。リティシアの手が、彼の背中に回って服をつかんだ。レーナルトの手が、胸元へとのぼってくる。円を描《えが》くように柔らかく全体をさすられてリティシアの身体から力が抜けた。

彼の服をつかんでいた手がシーツの上へと落ちて、今度はシーツを握りしめる。

鼻にかかった声がこぼれる。リティシアが頭をふるのもかまわずに、レーナルトは彼女の首に唇をあてた。優しい口づけが喉《のど》全体に散らされる。きつく吸い上げて、赤い跡をつけた。

リティシアは、手を口へと持っていく。我慢しなくていいと言われても、声を出すのは恥ずかしかった。

「リティシア」

彼がリティシアの名前を呼ぶ。

「我慢――しないで」

口を塞《ふさ》ごうとしていたリティシアの手が、レーナルトに取られる。そしてそのままリティシアの頭の上まで持っていかれ、シーツに押しつけられた。

「……いや……」

もう片方の手も、頭の上へと持っていかれてしまう。レーナルトはリティシアの手を頭上で重ね、左手でまとめて押さえつけた。

「……だめです！　……」

リティシアは顔をそらして唇を噛む。レーナルトの手は、リティシアが力を入れても外れてはくれなかった。

彼の指が、服の上から胸の頂《いただき》のあたりを摘《つま》む。のけぞらせた首筋に、また唇が落とされた。

彼はなかなかリティシアの服を脱がせようとはしなかった。着ているものの上から彼女の身体を丹念に撫で、顔や耳や首など衣服で覆われていない場所全てに唇を落とす。その部分はだんだん熱を帯びてきて、リティシアの身体を痺《しび》れさせた。舌が這うたびに、リティシアの腰が疼《うず》く。

「あ……陛下……」

いや、いや、と首をふるとようやく背中のボタンに手がかけられた。リティシアの服を一枚ずつ脱がせながら、レーナルトも器用に自分の服を脱いでいく。

ようやく露《あら》わになったリティシアの胸に、彼は再び手を置いた。手のひらにおさまってしまうそれを、両手でやわやわと揉みしだく。

リティシアは吐息をこぼした。レーナルトは硬くなっている先端を交互に口に含んで、リティシアの息を乱す。軽く歯を立てられるたびに、リティシアの手足がびくりとはねた。

それから彼は、わき腹、腹と口づけながらリティシアの身体を下へ下へと探り始めた。

甘すぎる感覚にリティシアが身体をよじると、同じ場所に何度も何度も口づけられた。それからまた再び下へと下り始める。

レーナルトの唇は止まろうとはしなかった。リティシアの脚を割り開いて、レーナルトは顔を寄せる。脚の付け根を交互に舌で刺激して、それから一番秘めなければならない場所へと顔を近づける。

「あ……そこは……だめですっ！」

リティシアは狼狽《ろうばい》して悲鳴をあげた。そこを見られていることがわかり、羞恥心《しゅうちしん》が襲いかかってくる。リティシアの拒否にもかまわず、レーナルトは広げた脚を押さえつけて閉じることができないようにした。

その場所に、彼が唇をつけたのは初めてだった。舌がそこを縦になぞりあげる。リティシアの腰ががたがたと震えた。舌が触れた場所から、一気に快感が駆け上ってリティシアの頭を焼く。あまりにも密接すぎる行為だった。

レーナルトの舌は、リティシアの敏感な核を的確にとらえていた。規則的に舌ではじかれるたびに、リティシアの腰は跳ね上がる。

「あ……陛……下……」

だめ、という小さな叫びとともにリティシアは大きく腰を持ち上げる。絶頂の予感を感じ取ったレーナルトは、強くそこを吸い上げた。強烈な刺激がリティシアの身体を一気に走り抜けて、一段と大きくそる。それからリティシアは静かにシーツに沈み込んだ。

レーナルトはそこから唇を離すと、今度は指を差し入れた。ゆっくり抜き差しして、再びリティシアの快感を煽《あお》り始める。

「あぁ――だめですっ……」

逃げようとするリティシアの腰を押さえ込んで、彼はもう一度そこに舌を這わせた。二本の指で中をかき回しながら、完全に硬くなっている芽を舌で押しつぶすようにして刺激する。

「いやっ――お願い――!」

リティシアは悲鳴をあげた。彼の送り込んでくる快楽はあまりにも絶大で、意識が飛ばされてしまいそうだ。その場所が、彼の指を呑みこみ、締めつけていることを自覚しながらリティシアはもう一度絶頂にたどり着く。

「レーナルト様っ……」

リティシアは乱れた息のまま両手を伸ばした。彼の頭に手をかけ、そのまま強引に引き寄せる。

「もう……もう……」

そのまま彼の身体の下にもぐりこみ、胸に顔を埋めて訴えた。

「まだ……だめだよ」

「……どうしてですか……？」

潤んだ目で見つめるリティシアに、苦笑いしながらレーナルトは言った。

「今一つになったら、すぐに終わってしまいそうだから」

リティシアは彼の耳へと唇を近づける。ぱくりと彼の耳朶《みみたぶ》をくわえ、舌の先でつついた。

「こ……こら、やめなさい」

たまりかねたようにレーナルトはリティシアの唇から逃げ出した。

「イヤです……わたくし……ばかり……」

少し唇を尖《とが》らせて言うと、彼はリティシアの瞼《まぶた》にキスを落とす。

「……お願いします……陛下」

リティシアはもう一度レーナルトにねだった。これ以上ばらばらでいるだなんて耐えられない。早く一つになりたかった。

「……リティシア」

彼女の名前を呼んで、レーナルトはそっと身体を重ねてくる。

二人の唇が互いを求め、ぶつかり合う。舌を絡めると、リティシアの口から喘《あえ》ぎがこぼれ落ちた。

レーナルトは一息にリティシアを貫いた。

「……陛下……」

「名前で呼んで――」

レーナルトはリティシアの髪に指を絡ませる。

「レーナルト様……」

リティシアは彼にしがみついた。レーナルトが動き始める。その動きは穏やかで、リティシアは自然と彼に合わせていた。

そこに性急さはなかった。二人揃ってゆっくりと同じ場所を目指して昇っていく。

リティシアは彼の名を唇に載せる。レーナルトはリティシアの耳元で、何度も彼女の名を呼んだ。

二人同時に頂点へとたどり着き、レーナルトはリティシアの上へと崩れ落ちた。しっかりと彼女を抱きしめたまま。

リティシアは彼の身体を受けとめる。彼の体重は、今感じている人生最高の幸福そのものの重さであるような気がした。

リティシアの身体を離したレーナルトは、ごろりとシーツの上に横になる。そして大きなあくびを一つする。今までそんなに無防備な様子を彼は見せたことがなかった。

「すまない……昨日、徹夜……なんだ……」

言葉の最後の方は早くも眠りに落ちかけている。

「……起きたら……もう……一……度……」

リティシアより彼の方が先に眠りにつくなど珍しい。それはきっと、心を許してくれた証《あかし》。

リティシアは、シーツを引き寄せて半身を起こした。

寝室の中をさ迷ったリティシアの目が、レーナルトの頭上にとまった。見覚えのある品が二つ、並べて置かれていた。枯れた花とリティシアの本。彼はリティシアの大切な品を枕元に置いて、何を考えていたのだろう。

レーナルトの寝顔を見つめる。

リティシアの夫。

ローザニアの太陽。

リティシアの世界を輝かせてくれた人。

灰色だったリティシアの世界は、色鮮やかに輝き続けることだろう。彼とともにいる限り。

話したいこと、話さなければならないことはたくさんある。けれどそれは彼が目を覚ましてからでも遅くない。

「……おやすみなさいませ、レーナルト様」

リティシアは、レーナルトの頬に唇をあてる。それから静かにレーナルトの腕の中に滑り込んだ。

エピローグ

初夏のローザニアは過ごしやすい気候だ。特に王宮のある地域は。リティシアが戻ってから数ヶ月たった今、ローザニアは一番心地よい季節を迎えようとしていた。

「午後の休憩時間は庭園に行く。おまえはつき合わなくていいぞ」

執務室で書類片手に昼食を終えたレーナルトは、控えていたアーネストに言った。

「妃殿下とご一緒なのでしょう？　邪魔などするはずないではありませんか」

戻ってきたばかりの頃は、リティシアは貴族たちから遠巻きにされていた。

しかし、一度は危うくなった北方の国境がその後安定していること。

その裏には彼女の父親の尽力があること。父王を動かしたのは彼女であること。

どんな美姫《びき》も王の心を射止められなかったこと。

何より戻ってきた彼女を国王が常に側に置いて離そうとせず、夫婦仲が以前よりはるかによくなっていること。

様々な理由から、機を見るに敏《びん》な貴族たちがリティシアを粗略《そりゃく》に扱わない方がよさそうだと判断をくだすまで、長い時間はかからなかった。

今では王宮を出る前と同じように忙しい日々を送っているリティシアと、あいかわらず多忙なレーナルトにとって午後のひと時がどれだけ大切なものか、アーネストにはよくわかっていた。

侍従《じじゅう》たちが出たり入ったりしている中、レーナルトとアーネストは政務に勤《いそ》しむ。時々どちらかが顔を上げては、「貴族たちを招集するべきか」「日程の調整はどうするか」と必要なことを話す。それ以外は室内にはペンを走らせる音しかしない。

開け放たれた窓から、涼しい風が入ってくる。その風に乗って、

「テーブルはもう少し木の方へ寄せてくれる？　ええ、それでいいわ。どうもありがとう」

と、執務室のすぐ側の庭園に茶席の用意をしている王妃の声が部屋の中まで流れてきた。とたんにレーナルトのペンを動かす手がとまった。そわそわし始めた彼を、

「一時間ですよ、陛下」

とアーネストは追い出した。

彼女が嫁《とつ》いできたばかりの頃は、国内の有力貴族の娘を妻にするべきだと思っていた。リティシア本人はともかく、裏にいる父親は信用できないと思っていたというのも理由の一つだ。一時は離《り》縁《えん》をするよう王に迫ったこともあったのだが――

「まだ支度ができていません、陛下。もう少しお待ちになってください」

「わたしも手伝おう」

窓の外を見れば、リティシアの持っていた籠《かご》をレーナルトが取り上げたところだった。リティシアのドレスはスカートが二重に重ねられて、下が淡い水色、上が光沢のある柔らかな緑、と初夏らしい爽やかな色合いだ。彼女には珍しくふわりとさせたスカートには、華やかなフリルがあしらわ

れている。

お茶を準備している時間も、一時間の休憩に含めてやろうかとアーネストは一瞬意地悪なことを考えた。

まだ全面的に支持はできないが、彼の屋敷に滞在していた王妃の姿を見て、アーネストは少しだけ彼女を見直していた。書物を請い、侍女たち相手に一日の大半を学ぶことに費やし、ローザニアにとけこもうとしていた。だから少なくとも強固に離縁《りえん》を迫る気はなくなった。周囲の貴族たちの中には、レーナルトの庇護《ひご》など関係なく、彼女自身を認めつつある者もいるようだ。

侍従長《じじゅうちょう》のアルトゥスが国外からの使者の到着を告げる。確認したところ、すぐに国王夫妻に伝えた方がよさそうな相手だった。

「陛下にお知らせしてこよう」

そう侍従たちに言い残し、足早に廊下を進み、廊下と庭園を直接つなぐ扉から外へ出る。

ちょうど茶葉をはかり、ティーポットに湯を注いだばかりのリティシアが彼に笑いかける。思えば、彼女が彼に向ける表情もずいぶん変わったものだ。

「あら、アーネスト。あなたも一緒にいかが？」

「邪魔はしないという約束だったはずだがな」

不満顔のレーナルトにはかまわず、アーネストは用件を伝えた。

「お邪魔をして申し訳ありませんが、妃殿下のお国からご使者でございます」

「先日届いたお兄様とお姉様からの手紙にローザニアを訪問したいと書いてあったわ。きっとそのことね」

「さようでございます」

レーナルトはいっそう顔をしかめた。リティシアの兄アルベルトはともかく、姉のヘルミーナとは顔を合わせたくないのが本音だ。二人の婚約が発表された日の約束を彼は守れなかったのだから。あの気の強い王女と顔を合わせたなら――何を言われるか予想できてしまう。

リティシアは期待した眼差しでレーナルトを見つめた。まだ、彼女はあの日の約束のことを知らない。しかたないというように、レーナルトは小さく息を吐き出した。

「アーネスト。このお茶を飲み終えたら行く。おまえも一杯だけつき合え」

「わたくしも一緒に行ってかまいませんか？」

すかさずリティシアが割り込んだ。

「もちろんだ。あなたのために急ぐんだ。すぐに返事を書きたいのだろう？」

大急ぎでお茶を飲み終えて、三人はレーナルトの執務室へと向かう。

当たり前のようにレーナルトはリティシアの腰に手をそえた。リティシアは、口元に柔らかな笑みを浮かべる。

レーナルトはリティシアの額にキスを落とす――宰相《さいしょう》は礼儀正しく視線を外した。

リティシアは目を細めた。見上げれば、黄金色《きんいろ》に輝く太陽と生を育む海の青が飛び込んでくる。

彼とともにある限り、リティシアの太陽は沈むことはないだろう。

幸せだ。

リティシアは夫の身体に腕を回して力をこめる。
だって世界はこんなにも輝いている。

サイトにアクセスして番外編小説を読もう！
サイト内では、書籍の番外編小説を掲載しています。
読者アンケートに答えて、ここだけでしか読めない番外編を
手に入れませんか？ さらにメルマガ会員になると、
過去に掲載していた番外編のバックナンバーも読めます！
新感覚ファンタジーレーベル
レジーナブックス
Regina
いますぐアクセス！
レジーナブックス
検索
http://www.regina-books.com/
今後も続々刊行予定！

雨宮れん（あまみやれん）
2008年よりWEBで小説を発表し始め、2011年Webにて連載開始した「太陽王と灰色の王妃」が人気を博し、出版デビューに至る。

HP「最後の女神」
http://lastgoddess.her.jp/

イラスト：笠井あゆみ
http://www6.ocn.ne.jp/~ayumix28/

太陽王と灰色の王妃（たいようおうとはいいろのおうひ）

雨宮れん（あまみやれん）

2011年11月30日初版発行

編集－蝦名寛子・塙綾子
発行者－梶本雄介
発行所－株式会社アルファポリス
〒153-0063東京都目黒区目黒1-6-17目黒プレイスタワー4F
TEL 03-6421-7248
URL http://www.alphapolis.co.jp/
発売元－株式会社星雲社
〒112-0012東京都文京区大塚3-21-10
TEL 03-3947-1021
装丁・本文イラスト－笠井あゆみ
装丁デザイン－ansyyqdesign
印刷－大日本印刷株式会社

価格はカバーに表示されてあります。
落丁乱丁の場合はアルファポリスまでご連絡ください。
送料は小社負担でお取り替えします。

ISBN978-4-434-16096-7 C0093